KB159920

사는 게
참 좋다

사는 게
참 좋다

오한숙희 힐링 방랑기

나무를 심는 사람들

내가 사는 게 참 좋은 이유

"지금 행복하세요?"

강연이 끝나고 질문 받는 시간이면 어김없이 나오는 단골 질문.

"네."

내가 답을 하면 청중들은 깜짝 놀랐다. 어떻게 1초의 망설임도 없이 행복을 확신할 수 있냐고.

그랬던 나에게 '사건'이 일어났다. 거리에서 지나가는 사람 누구를 봐도 '저 사람은 나보다 행복하겠지' 하고 마냥 부러운 마음이 들며 울적해지는 것이었다. 일곱 식구 대가족으로 버글거리던 집, 조카들과 큰딸애가 독립해 나가고 독신인 언니도 지방 근무로 집을 떠났다. 팔순 넘은 어머니와 자폐성 장애를 가진 작은딸애와 남겨진 내 삶은 노인 복지관과 장애인 복지관을 겸하는 종합사회복지관장 같은 나날이었다.

어느 날 문득 무겁게 느껴진 삶의 무게는 처음엔 오십견 같더니 점점 더해져 급기야 마음까지 녹슬게 만들어 갔다.

'남들은 다 행복할 텐데 왜 나만….'

무조건 벗어나고 싶었다. 그 무게에서 1g이라도 가벼워질 수 있는 환경이 필요했다. 그래서 '죽을 때까지 살 집'으로 장만한 마당 넓은 김포 집을 두고 경기도 광주의 작은 집으로 이사했다. 마침 고등학교 졸업 후 갈 곳 없는 작은딸애를 도와주마 나선 친구가 있는 곳이었다. 작은애의 자립을 지원하는 것이야말로 내 인생의 선결 과제였다. 얼마 후 어머니마저 강원도 큰언니 집으로 옮겨 가셨다.

딸애와 둘만의 생활, 그건 내 인생의 배수진이었다. 반드시 여기서 내 삶의 무게를 한껏 덜어 내리라, 그리하여 행복을 되찾으리라. 그러나 책임져야 할 사람과 경제적 부담이 줄어들었는데도 행복감은 돌아오지 않았다. 삶에 객관적 무게라는 것은 존재하지 않는 것 같았다.

인생의 적이 밖에 있지 않고 내 안에 있는데 물을 등지고 서 봤자 누구를 상대할 것인가. 자기를 향한 배수진이라면 굳이 가족들까지 물가에서 생고생 시킬 이유가 없었다. 광주에서 지낸 지 반년이 넘을 무렵, 작은애를 데리고 강원도 큰언니 집에 합류했다.

산 좋고 물 좋은 산골에서 순박한 사람들과의 대가족 생활, 언니와 형부에게 의탁한 삶은 분명 내 인생의 봄날이었다. 행복이 별거냐? 해 주는 밥 먹고 책이나 읽으며 푹 쉬면 행복 제까짓 게 안 오고 배기겠어?

그런데 이상했다. 남들 눈에 힘들어 보이는 조건에서는 1초의 망설임 없이 "난 행복해요"라고 대답하던 내가, 누가 봐도 늘어진 팔자인 상황에서는 행복을 느끼지 못하고 있었다. 행복하지 못한 몸은 매일 새롭게 아팠다. 아픈 몸은 가족들까지 흔들어 댔다.

아이고, 내 인생이 장차 어찌 되려고 이러나. 나는 집을 떠났다. 아니 가족을 떠났다. 반드시 건강해져서 돌아와야 한다는 가족들의 기원이 새로운 배수진이 되었다. 다행히 무조건 오라는 데가 적지 않았다. 강원도, 충청도, 경상도, 전라도, 제주도. 팔도 사방을 떠돌아다녔다.

사람이 있었다. 행복하게 사는 사람들이 거기 있었다. 그들의 행복은 달달함에서 나오는 것이 아니었다. 배신을 쑥으로, 가난을 마늘로, 외로움을 동굴로 삼아 '행복'을 탄생시킨 것이었다. 끝까지 포기하지 않고 자기 내면을 들여다보며 찾아낸 삶의 지혜, 그건 그들의 신의 한 수였다. 떠돌아다니며 보니 누구에게나 신의 한수가 있었다.

그동안 온 신경과 에너지가 밖으로만 향해 있던 나, 그래서 정작 내 속은 텅 비어 뒀던 나. 가족을 떠나자 비로소 내가 보였다. 이러고도 행복하길 바랐던가? 그렇다면 나의 한 수는? 끈질기게 이어지던 삶의 물음표가 비로소 느낌표가 되는 순간, 내가 잊고 있던, 잃어버린 내가 보이기 시작했다. 신경과 에너지를 온전히 내게 쏟게 되자 내가 나타난 것이다.

제주, 마침내 제주에서 나는 행복과 만났다. 연로한 어머니, 딸의 장애, 생계를 책임진 가장, 삶의 조건은 여전했지만 나는 다시 행복해졌다. 내가 누구인지, 그래서 어떻게 살아야 하는지 알고 나니 나를 둘러싼 그 모든 조건들을 다시 감당할 용기가 생겨났다. 마침내 배수진을 풀고 가족과 완전체로 제주에 정착하게 되었다.

이 책은 나의 방랑의 기록이다. 그 길에서 나를 회복하게 된 힐링의 기록이다. 방랑길에서 만나 나를 회복시켜 준 사람들의 신의 한 수에 대한 기록이다.

지금 내 심정은 한참을 돌고 돌아 고향에 돌아온 기분이다. 한때 사람들은 내게 제주 출신이냐고 물었었다. 어느 인터뷰에서 '말 많고 눈물 많고 인정 많은 삼다녀'라고 나를 소개한 구절 때문이었다. 그때 굳이 부인하지 않고 빙삭이 웃기만 했던 것은 필연이었을까.

이 책에 다 실을 수는 없었지만 그 과정에서 내가 만난 모든 사람들이 다 내 인생의 멘토였고 힐러였다. 그들에게 '지금, 행복하다'는 말로 감사를 전한다. 또한 그들이 살고 있는 곳 모두가 이제는 나의 고향이다. 친정어머니 계신 곳이 친정이듯, 마음 붙일 사람이 있는 곳이 고향이니까.

이제 가고 싶은 고향, 보고 싶은 사람들이 참 많아졌다.

그래서 사는 게 참 좋다.

1장

•

뭐가 그리 재미 좋으꺄?

하늘 보고 하하하

약속 장소인 샤브샤브 음식점은 운동장만큼 넓었다. 두리번거리는데 창가 쪽 구석 자리에서 손을 흔드는 사람이 보였다. 응원 단장처럼 씩씩하게 팔을 흔들어대는 저 여인을 누가 70대라 할 것인가. 하얀 모시 재질 긴 셔츠에 주름치마를 입은 탁월한 패션 감각이나, 입이 얼굴의 절반을 차지할 만큼 활짝 웃는 그 얼굴은 늙을 줄을 모르는 사람 같았다.

"선생님은 인생 기차에 역방향으로 앉으셨나 봐요."

"에헤, 왜 안 늙어, 뺑끼칠해서 그렇지. 자, 일단 샐러드바에 가서 먹을 걸 좀 가져옵시다."

앞장서서 걸어가는 그 모습이 지쳐 있는 50대에게는 너무나 신기했다. 어떻게 나이를 먹으면 먹을수록 더 기운차고 명랑해진단 말인가. 그 에너지에 내 기분까지 업이 되고 있었다.

"제가 좀 많이 아팠어요. 그런데 문득 선생님이 뵙고 싶어지더라고요."

대한민국에서 둘째가라면 서러울 정도로 바쁜 양반이 갑작스런 내 연락에 번개처럼 달려와 준 데 대한 감사를 나는 이렇게 에둘러 표현했다.

"그랬어? 그럼 많이 먹어. 아픈 데는 먹는 거밖에 없다. 하하하하."

그분은 끓는 냄비에서 계속 음식을 건져 부지런히 내 접시에 올려 놓으셨다. 그리고 벨을 눌러 추가 주문을 한 후 장 보러 가는 엄마처럼 샐러드바에 쌩하니 다녀오셨다.

"이제 배불러서 더 못 먹겠어요."

"그래? 이제 세상 좀 살 만하지? 하하하하."

"이렇게 좋은 거 얻어먹으려고 선생님이 보고 싶었나 봐요."

"외롭고 힘들 때는 무조건 잘 먹어야 해. 음식만큼 위로가 되는 게 없거든."

"선생님도 외롭고 힘들 때가 있으세요?"

"내가 한번 보여 줄까?"

핸드폰을 켜서 내 앞에 내미는데 맛집 리스트가 쫙 뜬다.

"외로울 때, 슬플 때, 우울할 때, 짜증날 때, 기분 따라서 먹는 음식이 다 정해져 있다니까. 가서 먹고 나면 애들 말대로 꿀꿀하던 기분이 싹 가서. 이게 내 정신과 상담 선생이야. 하하하하."

거의 말끝마다 '하하하하'가 후렴구처럼 따라붙는다. 오죽하면 입가에 웃는 모양으로 주름이 잡혀 있을까.

"선생님, 오늘 저 재워 주셔야 돼요."

"그래, 우리 집으로 갑시다. 그런데 지금 피곤한가?"

솔직히 피곤했다. 간밤에도 잠을 설친 터에 밥을 먹고 나니 늘어졌다. 하지만 이분이 제안할 것이 뭘까 호기심이 생겼다.

"아뇨."

"그럼 내가 잘 가는 카페가 있는데 거기 잠깐 들렀다 가자. 좀 특별한 집이야. 내가 아주 좋아하는 방앗간이지, 하하하하."

자동차에 시동을 걸고 뒤를 한 번 돌아보더니 단번에 차를 돌리는 솜씨가 나를 또 한 번 놀라게 했다.

"와우, 완전 터프 베스트 드라이버시네요."

"하하하, 자식들이 늙어서 위험하다고 말릴까 봐 죽어라고 매일매일 운전한다. 감 떨어지지 못하게. 자식들이 아무리 효자효녀라도 날마다 나를 태워 날라다 줄 수 있겠나? 지들 밥벌이도 해야 하고 자기 가족도 있는데. 이 차가 내 날개라 날개, 하하하하."

카페는 아늑했다. 소파와 탁자를 유럽 고가구로 꾸며서 운치가 있었다.

"난 야외 테이블이 좋아."

입구 맞은편의 문을 열고 나가니 기찻길이 보이는 탁 트인 전망이 나타났다. 그쪽을 향해 길게 놓인 일자형 테이블에 의자들이 나란히 있었다.

"여기 와서 혼자 앉아 커피 한 잔을 놓고 저 밖의 풍경을 보면 그게 명상이지."

길게 지나가는 기차를 보니, 어차피 종착역에 닿기 마련인데 뭘 그리 서둘러 가려고 안달을 부렸나 싶다.

"하하하하."

갑작스러운 웃음에 고개를 돌렸다. 무슨 재미난 장면을 보신 것일까?

"내가 아까 방앗간이라 안 그랬나? 여기 있으면 사람들이 차 한 잔씩 갖고 나와 줄줄이 앉아 있는 게 전깃줄에 참새가 나란히 앉은 거 같다니까, 하하하하."

가랑잎 굴러가는 것만 봐도 웃는 나이는 17세인 줄 알았더니 사실은 71세인가 보다. 이분은 뭐가 그리 즐겁고 재미있을까. 우울의 숲에 들어가 있는 나로서는 신기하기만 했다.

집에 도착해 내가 머물 방에 가방을 놓고 나오니 하하 여사, 꽃무늬 홈웨어로 변신.

"집에서도 이렇게 예쁜 옷을 입으시는군요."

"하하하, 예쁘지? 길거리 쇼핑에서 오천 원 주고 샀어. 우리 젊을 때는 이런 거 없었어. 찾으면 없진 않았겠지. 하지만 시부모 모시고 남편 뒷바라지에 자식들 챙기느라 내가 뭘 입고 살았는지 기억도 안나."

그렇게 쉰이 넘는 나이까지 사셨단다. 하하 여사의 삶은 한 편의 드라마였다. 대가족의 맏며느리로 효부상 감이라고 할 만큼 시부모를 극진히 섬겼고, 자신의 공부를 포기하고 남편의 유학 뒷바라지를 했다. 그러다 남편이 늘그막에 바람이 나서 이혼을 한, 한국판 '여자의 일생' 전형이었다.

"우리 영감은 내가 이혼하자고 할 줄 몰랐어. 그냥 두 집 살림하면서 가는 거로 알았겠지. 내가 이혼을 3년 준비했어. 먼저 시부모님부터 사람 하나 딸려서 따로 사시게 해 놓고, 막내가 대학 입학식을 하자마자 남편에게 정식으로 이혼을 요구했지. 그때 내가 남편에게 한 말이 뭔지 알아맞혀 봐."

글쎄, 혹시 하하하하 이혼하자?

"내 날개 내놔라 그랬지. 남편이 그러대, 지금 날개 준다고 날 수 있을 줄 아냐. 그래서 그랬지. 날고 못 날고는 내 소관이니 걱정할 거 없고, 못 날면 푸드덕거리기라도 하게 날개나 내놔라. 그랬더니 별수 있나 이혼했지. 그 다음 날로 하고 싶은 공부를 시작했어. 얼마나 신나고 재미있던지. 남편하고 바람나 준 여자가 내 은인이라 은인, 하하하하."

그날부터 인생에서 웃을 일밖에 없었다고 한다. 하하하 인생은 그렇게 시작된 것이었다.

'하하하'에는 묘한 힘이 있었다. 갑자기 영화가 보고 싶어졌다. 모든 것이 심드렁하고 의욕이 없었는데 영화가 보고 싶어진 것이다. 하루에 영화를 두 편도 봤던 나름 영화광이었던 내가 영화를 잊은 지 꽤 오래였다.

"선생님 우울증 환자는요, 뭔가 재밌는 것에 빠지는 시간이 필요해요."

밝은 에너지 하하 여사 앞에서 햇빛에 젖은 빨래 내걸듯이 나는 무슨 벼슬인 양 우울증 환자 행세를 했다.

"그래? 뭐하면 재밌겠는데?"

그분의 웃는 눈에 호기심이 반짝였다.

"요즘 히트하는 영화 보러 가요. 제가 쏠게요."

"아이고, 우리 집 앞이 바로 영화관이야. 나 정말 좋은 데 살지? 하하하하."

횡단보도를 두 번 건너니 대형 영화관이 나타났다.

"어른 두 장이요" 하는데 "잠깐만" 하며 하하 여사가 계산을 일시 정지 시켰다.

"나 65세 이상 할인이고, 여기 멤버십 카드."

한 사람 비용도 안 되는 돈으로 둘이 영화를 보게 된 것이다. 이 양반 사회적으로는 나보다 훨씬 젊으시네.

"요 근처에 정말 맛있는 팥빙숫집이 있어. 40분 남았는데 빨리 가면 먹고 올 수 있을 거야."

에스프레소를 하나 시켜서 빙수에 부어 먹는 것이 하하 여사의 특급 레시피.

"뜨거운 것을 부으니까 온도가 우리 먹기 딱 좋아. 친한 사람들은 다 여기 데려와서 한 번씩 먹여 줬다. 하하하하."

수북이 솟은 보드라운 얼음결을 뚫고 들어간 커피는 금방 그 한가운데 분화구 같은 홀을 만들어 냈다. 우리는 찻숟가락으로 삽질하듯 커피에 젖은 얼음결을 떠먹었다.

"어때? 기가 막히지? 하하하하."

숟가락을 부딪쳐 가며 깔깔대고 먹는 빙수 맛에 시간이 훅 지나갔다. 상영 시간을 10분 남겨 놓고 우리는 극장으로 종종걸음을 쳤다. 횡단보도 신호가 천년에 한 번 바뀌나 보다며 농담으로 조바심을 달래다가 결국 뛰어서 상영관 안으로 들어갔다. 얼마 만에 해 보는 스릴 놀이인가.

영화는 재미에 의미를 더해 화제가 될 만했다. 집에 들어가니 11시가 넘어 있었다.

"영화를 봤으니 감상 수다를 떨어야지."

하하 여사는 안주와 맥주를 꺼내 왔다. 두 시간짜리 영화에 소감은 세 시간이었다. 모처럼의 영화와 긴 수다 덕인지 언제 잠들었는지 모르게 깨어 보니 아침이었다.

하하 여사는 머리에 '구르프'를 말고 아침 밥상을 차려 주며 반달웃음으로 아침 인사를 하셨다.

"내 꼴이 이상해도 좀 참으소. 나이 들면 머리가 가라앉아서 아침마다 이렇게 세워 줘야 해. 하하하하."

그의 아침은 과일 한 조각에 직접 만든 요구르트가 전부였다. 나만 밥이었다.

"제가 번거롭게 해 드리네요."

"무슨 소리, 젊을 때는 많이 먹어야 돼 무조건."

젊다는 말에 쿡 웃음이 나왔다. 갱년기 노화 현상이 나타나고 있다고 병원에서 진단을 받은 게 며칠 전인데….

"저도 이젠 젊은 나이 아녀요."

"무슨 소리, 50대면 아직도 아기다, 아기."

아기 소리가 싫지 않은 걸 보니 분명 나는 젊은 나이가 아니었다.

"점심은 내 단골 국밥집 가서 먹자. 거기가 또 기가 막히다. 값도

싸. 그러니 더 기가 막히지, 하하하하."

식당 주차장에는 선약한 친구분이 먼저 와 있었다. 그 식당이 맛집인 건 분명한지 주차장에 차를 댈 곳이 없었다. 나만 내려놓고 하하 여사는 식당을 빠져나갔다. 내 표정이 걱정스러워 보였는지 친구분이 한마디 하신다.

"분명 저 친구 차 댈 자리는 남아 있을 거예요, 하늘을 보고 맨날 하하하하 웃어 대는데 하늘이 안 돕고 어쩌겠어. 나는 저 친구 웃는 모습이 젤 부러워. 속상해도 하하하, 힘들어도 하하하."

"저분도 속상할 때가 있으세요?"

"아이고, 사람 사는 건 다 똑같은데 왜 없겠어요. 그래도 저거는 매일 웃어. 나는 그게 부러워."

드디어 하하 여사가 나타났다. 얼굴 가득 웃음을 띠고 씩씩하게 걸어오고 있었다.

"왜 안 들어가고?"

"여기 오 선생이 너 걱정되어 가지고…."

"어찌 알고 내 자리 딱 하나 남겨 놨더라, 하하하하. 어서 들어가자."

강연 청탁을 계기로 알게 된 하하 여사가 문득 보고 싶었던 것은 그분이 가진 에너지에 이끌린 것일지도 모르겠다.

"제주도로 간다 그랬지? 가면 오래 있어요. 나도 조만간 여행갈

계획이 있으니 거기서 또 만납시다."

따뜻한 난로 곁을 떠나는 것 같은 아쉬움이 들었는데 또 만날 수
있다니 반가웠다.

"꼭 오셔야 돼요."

"나는 일 년에 두 번은 꼭 제주에 가요."

"누구랑요?"

"친구. 다음번에도 누굴 또 꼬셔 봐야지, 하하하하."

"만약에 간다는 친구가 없으면 못 오세요?"

대부분의 여자들이 그랬다.

"그럼 나 혼자라도 가야지. 그런데 손대면 톡 하고 터질 것 같은
애들이 내 주변에 많아. 그중에 하나 걸리겠지, 하하하하."

하하하하.

인생 70, 그 나이가 부러워졌다.

나의 힐링 방랑기

2014년 3월, 강원도는 아직 추웠지만 내 생애 가장 따뜻한 봄날의 시작이었다. 큰언니 내외가 30년 넘게 정착한 산골 마을. 아침에 눈을 뜨면 밥이 차려져 있고 저녁이면 엄마를 모시고 작은언니까지 우리 세 자매가 모여 삼겹살에 막걸리 한 잔이 일상이었다.

돈 걱정, 밥 걱정, 일 걱정 없이 지내며 "뭐 먹고 싶냐", "아무 걱정 말고 쉬어라" 소리만 듣고 있자니 벤자민 버튼의 시계처럼 내 인생 시계도 거꾸로 돌아가, 나는 완전 어릴 적 막내가 되어 있었다. 사투의 시간 7개월, 낯선 곳에서 작은애와 단둘이 지내다가 돌아와 안긴 가족의 품은 봄볕 그 자체였다.

낮에는 산천경개를 구경하며 놀았다. 사람보다 나무가 많은 동네, 20분을 달려도 차 한 대 만나기 어려운 산속 도로, 어디를 가나 시원한 공기, 맑은 물이었다. 모르는 사람이 왔다며 나를 신기하게 보는 동네 가게 아주머니, 사람을 보면 쫓아와서 인사하는 아이들, 독수리가 담벼락 조각으로 붙어 있는 파출소, 오래된 시계포… 도시에서는 느낄 수 없고 볼 수 없는 것들이 고스란히 남아 있어 이 또한 마음에 따뜻한 봄볕이었다.

그런데 두 달이 넘어가면서 이상한 일이 생겼다. 목에서 가래가 끓었다. 자고 나면 노랗게 떡이 진 가래를 컥컥 뽑아내야 했다. 몸이 아팠다, 여기저기. 하루는 무릎이 난데없이 쑤시다가, 목덜미로 열이 훅 올랐다가, 이부자리가 젖도록 온몸이 땀범벅이었다.

그간의 과로가 풀리느라 그런가 보다고 했다. 말이 좋아 강연이지, 낯선 곳에서 낯선 사람들을 상대하는 일이 얼마나 긴장되고 힘들었겠냐는 것이다. 보약도 소용없자 갱년기가 겹쳐서 더 오래가나 보다고 했다. 갱년기는 결국 시간이 문제이니 '이 또한 지나가리라' 버티면 된다고 했다. 그런데 더 심각한 현상이 나타났다. 수시로 멍해지는 것이었다. 아무 의욕이 없고 팔다리에 힘이 빠졌다. 오가는 사람들, 눈앞에 펼쳐지는 모습들이 비현실적으로 느껴졌다.

그날도 나는 텃밭 앞에 놓인 평상에 앉아 초점 없는 눈으로 자책하고 있었다.

'모든 우울증은 등 따숩고 배불러서 오는 거야.'

그때 내 입이 헤벌어졌었나? 입가로 침이 흘렀다. 멍하니 있었더니 입 근육도 늘어졌던 것일까? 깜짝 놀라 손등으로 입가를 훔쳤다. 그런데 아무것도 없었다. 이상하다, 분명히 흐르는 느낌이었는데…. 이건 뭐지? 침이 흘렀다면 오히려 덜 불안할 것 같았다.

"정신 차려야 해, 정신 차리자."

나를 다잡고 다잡았다. 너무 정신을 차리려 했던 것일까. 잠이 안 왔다. 어렵사리 잠들었다가 깨면 새벽 2시였다. 불면증이 자리 잡자 '심쿵증'이 오기 시작했다. 갑자기 심장이 쿵하면서 깜짝 놀라는 증세, 겁이 나기 시작했다. 어쩌다가 내가 이렇게 됐지? 가족들은 '도대체 왜 그러느냐'고 물었지만 그건 내가 하고 싶은 말이었다. '내가 도대체 왜 이러느냐'고 묻고 싶었다.

나는 엉엉 울었다. 어릴 적 엄마가 일 나가고 돌아오지 않은 저녁 해질 무렵이면 엄마가 보고 싶다며 훌쩍거렸었다. 일곱 살, 아홉 살의 두 언니는 나를 달래느라 진땀을 뺐다. 언니들은 "얘, 니네 엄마가 어릴 적에…" 하며 지금껏 그 얘기로 딸아이 앞에서 나를 놀려 먹었는데 50년이 지나서 또 울 줄이야. 하지만 두 언니는 옆에서 망연자실, 달랠 염도 못 냈다. 엄마가 앞에 계시니 엄마도 해법이 아니었다.

"떠나라."

가족들은 풍선의 끈을 놓았다.

"허공을 돌다돌다 헛바람이 다 빠지면 제풀에 저절로 집 마당에 내려올 테지, 떠나 봐라."

쿠킹호일만큼 예민해진 몸을 안고 떠돌았다. 종합병원의 거의 모든 과를 돌고도 모자라 권하지 않는 MRI까지 찍어도 안심할 줄 모르는 몸을 데리고 나는 떠돌았다. 서울, 경기, 전라, 충청, 경상도, 불현듯 생각나는 사람들을 찾아 계획 없이 바람처럼 떠돌았다. 발이 허공에 뜬 것 같다는 것은 오히려 제정신이라 할 만큼 발의 존재조차 잊고 헤맸다.

친구 누구를 만나든, 자기들도 몸과 마음이 다 예전 같지 않다고 아우성이었다. 자식 때문에, 남편 때문에, 시집 때문에, 친정 때문에, 돈 때문에, 속으로 다 아픈 구석이 있다고 했다.

"팔자 좋아 운동 가는 줄 아냐? 매일 몸을 조립하지 않으면 안 움직여. 하루하루 달래고 속이면서 살아간다, 하하하."

그래도 웃을 수 있는 그들이 부러웠다. 요가, 등산, 공부, 종교, 나름의 해법을 찾아낸 그들이 학창 시절 시험 잘 본 애들처럼 한없이 부러웠다.

'다들 열심히 사는데 나만 허송세월이구나.'

공연한 열등감에 처량하기까지 했다. 시작도 모르고 끝은 더더욱 알 수 없는 회오리바람 같은 것에 말려 영원히 착지를 모를 듯이 휘둘린 시간이었다. 적지 않은 사람을 걱정시키며 짧지 않은 시간이 흘러갔다.

이제 그만 땅을 딛고 싶다는 무의식의 선택이었을까. 작품 활동으로 늘 바쁜 줄 알면서도 그 선배와의 차 한 잔이 그리웠다. 일손을 멈추지 않은 채 코끝에 걸친 안경 너머 간간히 눈 맞춤을 하면서 이야기하던 중 선배가 난데없이 동의보감 이야기를 꺼냈다.

"동의보감 맨 첫머리에 적힌 말이 뭔지 알아? 모든 병은 마음에서 생긴다."

쿵! 그 말에 내 가슴이 철렁했다. 그 전에 의사 친구에게 비슷한 말을 들었었다.

"의료 장비 아무리 좋아도 못 찾아내는 병도 많고, 병명은 붙여도 못 고치는 병도 많아. 병 고치는 건 오갈 데 없이 자기 몫이라…."

병을 고치는 건 자기 몫이라는 말은 내가 노력해야 한다는 의미였지만, 모든 병이 마음에서 온다는 말은 내가 병을 만들었다는 거 아닌가. 모든 병은 마음에서 온다는 말이 휘둘려 떠도는 풍선에 구멍을 내고 말았다.

다음 행선지는 구슬같이 맑은 물이 흐른다는 동네, 옥천이었다. 그는 산골짝에 혼자 살고 있었다. 무섭지 않나? 하루 종일 한 가지

음악만 반복해서 듣고 살았다. 지겹지 않나? 환자인 나를 진맥 한 번도 하지 않았다. 한의사 맞아? 내가 불면의 밤을 보낼 때 그의 방에서 코 고는 소리가 들렸다.

아침에 일어나 보면 밥상이 차려져 있었다. 텃밭의 채소와 그의 가족인 닭이 낳은 알, 그리고 쇠고기. '맛을 탐하지 않는다'는 그는 나를 위해 읍내에 나가 고기를 사 왔다. 늦잠을 자고 민망해서 뭐라도 거들라치면 그는 웃으며 말했다.

"쉬세요."

그는 해 질 녘이면 칸트처럼 산책을 나갔다. 노래를 부르며 걷다가 강가의 새를 '야' 하고 불렀다. 새도 무언가 소리를 냈다. 노래도, 새소리도 매일 똑같았다. 그가 잠들면 하루가 갔다. 시간을 따라 흘러가는 게 인생이구나 싶게 하루하루가 흘러갔다. 평화로웠다. 고르고 택할 것 없이 똑같은 길을 졸졸 흘러가는 것이 지겨움이 아니라 평화로움일 줄이야! 단순함이 고요함을, 고요함이 평화를 부르는 것이었다.

나를 보면 지구를 향해 질주하는 유성 같아 불안하다고 말한 친구가 있었다. 매 순간 최고의 선택을 하기 위해 복잡하게 머리 굴리며 어제보다 나은 내일을 위해 의욕 과잉으로 몸을 곤하게 하며 달려온 시간들, 내 뜻대로 내 욕심대로 하려고 몸부림쳤고 그게 성에 차지 않으면 좌절하여 괴로워해 온 습관들, 그 마음에서 모든 병이 생긴 것이었나 보다.

"다 토해 놓자. 몸이 아픈 것, 마음이 우울한 것, 쌓였던 것들이 모두 올라오는 것이니 정상 아닌가. 걱정도 습관, 노력도 욕심이다. 아무것도 하지 말자, 그저 가만히 있자. 사는 거? 물처럼 살지 뭐, 흐르는 대로."

'마음'이라는 단어가 낸 구멍으로 바람이 빠져나가고 그 구멍으로 물이 들어오고 있었다.

그 다음 행선지는 제주였다. 내륙을 돌고 돌다가 착륙한 제주! 정확히 말하면 불시착이었다. 며칠 놀다 가라는 선배의 권유에 나는 제주에 잠시 내려앉았다. 며칠이 한 달이 되었고, 한 달은 석 달이 되었다. 내 발은 서귀포 땅에 뿌리내리기 시작했다.

내 영혼의 바람이 바람의 땅에서 잦아들 줄이야. 아아, 나의 힐링 방랑의 종착지가 제주섬일 줄이야.

설문대 할머니,
우리 집은 어디예요?

　내가 서귀포에 살기로 결심하자 주변 사람들은 모두 반가워했다. 그리곤 바로 걱정이었다. 제주 이주 열풍으로 집을 구하기가 쉽지 않은 데다가 중국인 투자로 땅값, 집값이 다락같이 높아졌기 때문이었다. 그러나 나는 별로 걱정이 되지 않았다. 체감하는 게 아직 크지 않았던 탓도 있지만 믿는 구석이 있었다.

　'내가 제주에 와서 살게 되었을 때에는 여기 내가 살 집도 마련되어 있을 것이다.'

　나는 매일 한라산을 바라보았다. 굳이 노력하지 않아도 서귀포의 웬만한 곳에서는 늘 보이는 한라산, 거기에 대고 물었다.

"설문대 할머니, 집 어디다 구해 놓으셨어요?"

제주에 머무른 지 두 달이 지났을 때, 친구 하나가 자기 형제들과 놀러왔다. 다른 곳은 다 마다하고 한라산 윗세오름을 가자고 하여 이른 아침 등산길에 올랐다. 그들은 얼마나 이 산이 그리웠던지 걸음마다 감탄하며 사진을 찍어 댔다.

나로서도 감회가 깊었다. 26년 만에 다시 오르는 한라산이었다. 영실(靈室), 제주를 만든 설문대 할머니가 사는 신령한 방은 가히 절경이었다. 설문대 할머니의 아들 500명이라고 일컬어지는 쭉쭉 솟은 기암들이 한눈에 보이는 곳에서 우리는 발을 떼지 못했다.

여행의 마무리는 역시 사진 돌려 보기. 하산 후 식당에 앉은 우리는 비둘기였다. 손바닥만 한 화면에 머리 다섯이 모여 이러쿵저러쿵하고 있으니 비둘기가 따로 없었다.

"와, 이 사진 잘 나왔다."

친구의 남동생이 찍은 사진이었다. 내가 영실 쪽을 바라보는 모습을 살짝 올려 찍은 것이었다. 언제 찍혔지?

"누님이 설문대 할머니와 대화하시는 것 같아서 도촬했습니다. 마음에 드시면 쏴 드릴게요."

"그래, 설문대 할머니께도 쏴 드려."

"와우, 제주 와서 살더니 정말 설문대 할머니랑 통하나 보네?"

친구의 말에 와하하하 한바탕 유쾌한 웃음이 터졌다.

공항에서 친구 일행을 배웅하고 돌아오는데 핸드폰에서 '띠링' 소리가 나더니 사진이 들어왔다. 남동생이 찍은 그 사진이었다. 아까는 무심히 봤는데 그 사진을 계속 보고 있노라니 기분이 이상했다. 아, 낯이 익어, 이 사진. 기억상실증 환자가 옛날 제 사진을 보면 이럴까 싶은 야릇한 느낌.

'아, 내 책에서….'

버스에서 내릴 무렵, 기억에 반짝 불이 들어왔다. 첫 책의 날개에 들어간 저자 사진, 신혼여행 때 바로 그 자리에서 찍은 사진이었다. 아, 내가 26년 만에 딱 그 자리에 다시 섰구나. 26년이 종이 한 장이었다. 사진첩에서 한 장을 넘기니 26년 후 내 모습이었다. 100년도 못 사는 인간에게도 짧게 느껴지는 26년이 장구한 세월 영실에 머무는 설문대 할머니 눈에는 얼마나 짧으랴.

"애야, 네가 다시 왔구나."

할머니가 말하는 것 같았다. 갑자기 코끝에서 운명의 냄새 같은 것이 확 풍겼다. 할머니가 나를 부르신 것일까. 그날부터 나는 할머니와 대화를 시작했다.

"왜 저를 부르셨어요? 이곳 제주섬에."

갑작스런 제주 이주 제안에 어렵사리 동의한 가족들은 하루가 멀다 하고 집은 구했냐고 전화를 했다. 나는 걱정 말라고 호언장담을 했다. 집을 알아봐 주마 한 이웃들이 '집 구하기가 별따기'라고 혀를 둘러도 도통 걱정이 되지 않았다.

내가 원하는 위치는 서귀포시의 한복판, 집은 단독주택이었다. 사람들은 고개를 더 절레절레 흔들었다. 상가와 건물이 밀집한 곳에서 단독주택이라니, 그건 별도 아니고 태양을 따오는 격이었다. 그러나 나는 꼭 그곳을 원했다. 연로한 어머니가 혼자 다니시자면 편의 시설이 인근에 있어야 하고, 작은딸 희나가 복지 서비스를 받으려면 역시 중심지여야 했다. 집세의 고하는 둘째 치고 그런 집이 있기나 하겠느냐는 것이 대세였다.

"할머니가 멀쩡히 육지에 사는 나를 불러 내리셨으니 집도 책임지시지 않겠어요?"

해맑은 내 표정에 심방(무당)을 믿는 토박이들도 고개를 갸웃했다. '가도 너무 간 거 아냐?' 하는 표정도 없지 않았다. 나는 믿고 싶은 건지, 정말 믿는 건지 모르겠으나 할머니만 믿었다.

내가 제주에 살기로 마음을 정한 것을 생각하면 믿을 수밖에 없었다. 제주에 살 결심은 내가 했으나 제주에 온 것은 내가 한 것이 아니었다. 길을 걷다가 배가 고팠는데 눈앞에 어떤 식당이 나타나 고민의 여지없이 들어선 것처럼, 인생의 행로에서 내 앞에 닥친 제주, 나는 순순히 거기에 따랐을 뿐이다. 그러니 믿을 수밖에.

생활 정보지를 이 잡듯이 뒤졌다. 이거다 싶어 전화하면 "나갔수다!", 오늘자 신문인데 벌써 상황 종료. 이건 빛의 속도보다 더한 걸? 가족들과 잡은 이사 날짜가 보름 앞으로 다가오도록 집은 후보 하나 없었다. 속에서 슬슬 단내가 나기 시작했다.

"할머니, 집 어디예요? 빨리 알려 주세요."

하루에 한라산을 보는 횟수가 늘어났다. 그러다 문득 생각이 바뀌었다.

'집은 이미 있다. 내가 못 찾는 거다. 안테나를 더 바짝 세우자, 틀림없이 있다!'

그날은 디데이 13일 전, 금요일이었다. 직접 부동산을 돌아다녀 보리라. 아침 일찍 운동화 끈을 바짝 매고 나가려는데 전화가 왔다.

"오늘 시간 좀 있으세요?"

강사장이었다. 제주에 와서 알게 된 그는 사업에는 성공했으나 남편과 문제가 있었다. 돈벌이에 바빠 영화관에 간 게 30년 전이라는 그이가 나를 보자는 것이었다. 아, 왜 하필 오늘, 지금 내 코가 석자인데….

그는 오겠다는 시간보다 한 시간 넘게 늦게 나타났다. 찻집에 가자는 그에게 나는 올레길을 걷자고 했다. 언젠가 그게 소원이라고 했던 말이 생각나서였다. 그는 걷기만 할 뿐 얼른 말을 꺼내지 못했다. 말 많은 좁은 지역에서 입을 닫고 지낸 시간이 길었던 탓이리라.

보목 바닷가를 지날 때에야 그가 웃었다, 너무 좋다고. 늦은 점심을 먹고 해가 정점을 지나 기울기 시작할 무렵, 우리는 마을버스 정류장을 지나고 있었다. 그의 인생은 어느 정류장을 지나고 있는 걸까? 그의 휴대전화가 울렸다.

"지금 갈게."

회사에 급한 일, 당연히 그렇겠지. 그러니까 놀지도 못하고 살았겠지. 그가 휑하니 택시를 불러 타고 떠난 다음, 길동무를 잃은 다리는 맥이 풀려 버스 정류장에 주저앉았다. 참, 내 오지랖도… 이런 타령이 슬며시 다시 고개를 드는데 생활 정보지가 눈에 들어왔다. 더도 덜도 아니고 딱 한 부가 남아 있었다.

여태 허탕이던 정보지에 기대가 있을 리 없었다. 하지만 그새 습관이 되어 손이 저절로 정보지를 펴고 눈은 익숙한 페이지를 훑었다.

"심봤다!"

내가 원하는 그 위치에 단독주택, 당장 전화를 걸었다. 집이 열려 있으니 와서 보라고, 비어 있으니 당장 입주가 가능하단다. 택시를 불러 그 집에 닿았다. 세상에, 내가 매일 산책 삼아 다니는 길에 있는 집, 대문에 들어서는 순간 느낌이 확 왔다.

'그래, 이 집이다.'

건물이 대문에서 10여 미터 살짝 경사로를 내려간 곳에 있었다. 그래서 밖에서는 전혀 눈에 띄지 않는 집이었다. 방 세 개, 작은 거실, 작은 주방, 운동장만 한 목욕탕, 마당에 수도, 평상, 작은 화단, 주차 공간…. 재고 말고 할 것도 없었다. 내일이 토요일이라 보러 온다는 사람이 두어 명 있다는 주인의 말에 얼른 계좌 번호를 물었다.

"대문아, 너는 나를 매일 보았겠구나. 내가 지나갈 때 부르지도 못하고 답답했겠구나."

웃음이 절로 나왔다. 한라산을 바라보았다.

"할머니, 고맙습니다"가 아니었다.

"할머니 드디어 찾아냈어요, 저 잘했죠?"

두껍아 두껍아, 새집 다오.

동화 같은 제주살이는 이렇게 막이 올랐다.

한여름 밤의 동화

17년 만의 폭염, 볕 아래 서면 1분은커녕 1초도 힘들었다.

와랑 대던 태양이 지고 한밤중이 되었을 때 한 통의 전화를 받았다. 동네 후배 둘이 시장 입구에서 맥주 한잔을 하고 있으니 오겠냐는 거였다.

나를 부른 이유는 이거였다. 내가 '여성의 적은 여성이 아니다'라고 해서 자신들은 그걸 믿고 살려 했는데 현실은 그게 아니더라는 것이다. 공교롭게 그 둘은 그날 친하다고 믿었던 여자가 자기를 오해하고 탓하는 '배신'을 겪었다. 서로 다른 여자에게 당했지만, 동병상련으로 일배일배부일배(一杯一杯復一杯)를 하다가 불똥이 나에게 튀고 만 것이었다.

"책임져야 할 거 아니냐고요."

반은 술주정이었지만, 나를 불러내기 위한 억지라는 것을 알 수 있었다.

"우리 집으로 와. 밤새도록 책임질게, 술집은 곧 마감이잖아."

"어머니도 계신데…."

"주무셔."

시장에서 우리 집은 걸어서 5분. 그들은 30분이 지나서야 도착했다. 양손에 맥주와 안주를 잔뜩 사 들고, 나를 위한 막걸리 한 병과.

일단 한 잔씩 원샷. 그러나 책임을 져야 할 나는 살짝 긴장이 되었다. 언제 이들이 본론을 터트릴 것인가. 또 한 잔이 채워졌다. 그래도 다른 이야기를 계속 늘어놓을 뿐이었다. 다시 또 한 잔. 막걸리 세 잔이면 나의 주량은 만땅, 책임감의 긴장도 다 취해 녹아 버렸다. 이런저런 이야기들을 타고 한여름 밤이 가고 있었다.

술기운이 오르니 몸에 열이 나며 점점 더워졌다.

"마당에 나가서 마시자."

마당은 바람이 불어 훨씬 시원했다.

"에이, 진작 나올걸."

그런데 잠 못 들고 마당에 나와 있는 건 우리만이 아니었다. 모기, 게다가 그들도 우리처럼 마실 것을 원하고 있었다. 술 한 잔을 마시면 제 종아리 한 대를 쳐야 하니 안주 먹을 여유가 없었다.

40대들과 달리 50대인 나는 달아오르는 얼굴에 부채질까지 해 대야 하니 바빴다. 마시고 종아리 치고 부채질, 마시고 종아리 치고 부채질. "몸 개그, 몸 개그" 후배들은 나를 보며 뒤집어졌다.

정말 하고 싶지 않았던 말이 저절로 목을 넘었다.

"니들도 내 나이 되어 봐라."

"아냐, 언니! 사실은 우리도 더워."

"우리 솜반내에 목욕 갈까?"

"그러자."

그들은 번개같이 의기투합하더니 바로 밖으로 나가 택시를 잡았다. 택시 속 시계는 새벽 2시 반이었다. '모두들 잠들은 고요한 이 밤에 어이해 나 홀로 잠 못 이루나.' 나의 사춘기 시절 십팔번, 이장희의 〈그건 너〉, 그 일절도 끝나기 전에 택시는 솜반내에 닿았다.

솜반내에서는 한라산이 바로 올려다보이는데, 산에서부터 흘러 내려오는 물은 계곡을 지나 평지를 유유히 흐르다가 수직 낙하하여 폭포가 된다. 그 이름 천지연.

달도 없는 밤, 낮에는 그늘이 되는 나무들이 지붕처럼 덮여 있었다. 낮에는 차 소리에 묻혀 들리지 않던 물의 노래가 이장희 목소리만큼 매력적으로 흘렀다. 아무도 없었다. 모기조차 없었다.

"옷 벗어 논 데 잘 기억허라이."

"알았수다."

내가 한데 모아 놓자고 해도 이것들은 각기 저만큼 떨어진 곳에서 옷을 벗으며 옷 걱정을 하고 있었다. 둘은 익숙한 자세로 돌들을 타고 내려가 물속으로 들어갔다. 이것들은 발끝에 눈이 달렸나? 더듬더듬 내려가 드디어 물속에 내 발이 들어가는 순간, '헉' 반사적으로 발을 빼고 말았다. 이건 완전 얼음물이 아닌가. 바위틈에서 솟아오르는 용천수, 어떤 물은 50년 만에 솟는다니 지표의 열기와 무관했다.

"들어와, 들어오면 따뜻해."

"정말이야. 일단 들어와 봐."

그들이 나를 잡아끌어 당기는데 이게 바로 물귀신?

"아냐, 난 니들과 달라, 니들은 어려서부터 이런 물에 단련되었지만 나는…."

"긴 시간도 아냐. 금방 따뜻해져."

따뜻하게 느껴진다는 것도 아니고 단정적으로 따뜻해진다는데 더 버틸 도리가 없었다. 조금 있으니 정말 덜 차가웠다.

"몸에서 나온 열이 물을 데우면서 물은 따뜻해지고 몸은 시원해지는 건가?"

"언니, 여기서라도 머리 굴리지 말고 그냥 쉬어. 머리를 식힌다는 말이 있잖아. 머리 많이 굴리면 열이 나는 거야."

"맞아, 언닌 생각이 너무 많은 거 같아."

아니, 이것들이 오늘 나를 잡으려고 작당을 했나. 그러나 뜨끔하긴 했다. 나도 회심의 반격을 날려야지.

"야, 이 웃기는 것들아, 그렇게 단순하게 산다는 것들이 맨 정신에 목욕탕은 같이 가면서 술 먹고 이 깜깜한 데서는 뭘 내외야?"

"쉿!"

둘은 손을 입가에 대고 주위를 둘러보았다.

"왜?"

내 목소리도 낮춰졌다.

"들어."

"누가?"

나는 궁금해서 견딜 수가 없었다.

"여기 누가 있어?"

그들은 심각한 표정으로 다가와 내 귀에 대고 말했다.

"나무꾼이."

까르르. 이들에게 이건 선녀와 나무꾼 놀이였다. 목욕탕이 일상의 공간이라면 이들에게 솜반내는 꿈의 공간이다. 나이를 잊고, 가족을 잊고, 내일 아침밥을 잊고, 자식 걱정을, 아니 자식의 존재마저 잊고 동화를 믿던 어릴 적으로 돌아가 마냥 웃고 즐겁기만 할 수 있는 꿈의 공간.

"옷을 한데 벗어 놓으면 누구 옷인지 모르잖아, 깜깜하니까."

아, 그랬구나.

"그렇겠네, 니들 말고 나무꾼 말이야. 만약에 민이를 찍었는데 옷은 진이 것을 훔치면 정작 남는 건 진이잖아. 그러니 누구 옷인지 확실히 알아야지."

까르르. 제 옷 잘 찾아 입고 나오면서 우리는 나무꾼과 이렇게 이별했다.

택시를 잡다 포기하고 올라가는 언덕길, 편의점 시계는 4시였다. 아르바이트하는 아이가 컵라면을 먹고 있었다.

"아강발(어린 돼지의 족발) 먹고 싶지 않아?"

한 시간 넘게 찬물 속에서 웃고 까불었으니 허기질 만도 하지. 진이가 편의점에 들어간 사이 민이는 길가에 핀 꽃을 꺾었다. 밤에 더 활짝 자기를 여는 꽃, 깜깜한 속에서 그 향기로 존재를 알리는 꽃, 그들이 모여 금세 꽃다발이 되었다.

모두들 잠든 고요한 거리, 한 손에는 꽃, 다른 손에는 족발을 들고 깔깔대며 집으로 돌아가는 길. 제주에 오지 않았다면 평생 느껴 보지 못했을 이 재미, 이 행복.

어느 집에서 개가 짖었다. 묶인 개가 돌아다니는 사람들을 보고 짖는 이유는 그 사람들 때문이 아니다. 자기도 풀려서 자유롭게 돌아다니고 싶은 욕망 때문이다.

"야, 내가 너희들 복수해 줄게. 너희들 울렸던 그 애들 다 데리고 솜반내에 가서 목욕을 하자."

"싫어."

"들어 봐, 내가 나무꾼들에게 미리 연락해서 걔들 옷만 훔쳐 가게 할게. 그럼 걔들은 우리와 같이 돌아오지 못하잖아."

"떼어 놓고 온다고? 무슨 헨젤과 그레텔이야?"

"왜? 과자만 안 주면 확실하지 않겠어?"

"우하하하하."

그들의 비웃음에도 나는 굴하지 않았다.

"내 말은…. 자, 잘 들어 봐. 나무꾼이 우리 옷을 안 훔쳐 가서 우리가 지금 이렇게 집에 가는 거잖아? 어, 근데 이거 재밌네. 선녀는 옷을 잃어버려서 여기 남았는데 우리는 옷을 안 잃어버려서 여기 있잖아. 신기하다, 그지?"

내가 생각해도 놀라운 발견. 마침내 진이와 민이가 걸음을 멈추었다. 그들은 말없이 다가오더니 내 머리 위에 경건하게 두 손을 올렸다. 내 아이큐를 측정하는 건가?

"에이, 다시 열남쩌."

"언니, 머리 굴리지 말라니까."

"안되겠다. 다시 솜반내로 데려가자."

"그래 이 상태로 집에 가면 도로 열 올라 잠도 못 잘 거야."

꺄악, 나는 도망치듯 달렸다.

"잡아!"

그들이 따라왔다. 우리는 그렇게 언덕길을 넘었다. 멀게만 보이던 언덕길이었는데 어느새 1호 광장이 보였다. 한 손에는 꽃다발, 한 손에는 족발, 우리는 서로를 가리키며 또다시 깔깔 웃음을 터뜨렸다.

한여름 밤이 그렇게 흘러가고 있었다. 동화처럼.

바람난 칠선녀

　서른 중반 즈음, 친구들이 아이가 둘 딸린 엄마가 되었을 때 한 친구가 고백을 했다. 자기 어머니가 춤바람이 났었다고. 지금까지 그걸 가문의 수치로 여겨 숨기고 살았는데 이제는 말할 수 있단다, 당당하게. 엄마는 용기 있는 여자였다고.

　그의 어머니는 셋째가 돌이 지나자마자 남편을 잃었다. 맨바닥 헤딩으로 시장에 진출, 내 친구가 여고 1학년 무렵에는 제법 큰 식료품 도매상을 운영하는 입지전의 주인공이었다. 먹고살 만하면 바람나거나 병들어 죽는 것이 인생 드라마, 그 어머니는 춤바람이 났다.

　한 달에 두 번 시장이 노는 날이면 그 친구는 집에 가는 게 고역이었다. 동네 골목 입구에서부터 들려오는 천박한 카바레 음악, 다닥다닥 붙은 집들에서 손가락질하며 쑥덕이는 소리, 사춘기의 예민한 소녀에게는 고개를 들 수 없는 수치였다.

1975년, 그때는 가정주부들이 장바구니를 들고 카바레를 다니다가 제비족에게 걸려 돈 뺏기고 가정이 파탄난 뉴스가 심심찮게 보도되곤 했다.

"와, 그래도 니네 어머니 포스 있다. 카바레가 아니고 홈그라운드로 제비를 부르신 거네."

"처마 밑의 제비는 박씨를 물어다 주지, 도움이야 도움."

행여, 친구의 고백에 어머니와 제비족의 불미스러운 얽힘이 있을세라 설레발을 칠 만큼 우리는 나이 먹어 있었다.

"응, 그때 우리 집이 한옥이긴 했어."

처마에서 내려온 제비와 대청마루에서 슬로우슬로우 퀵퀵 한 바퀴는 어머니에게 취미 활동인 동시에 직업병을 막는 헬스클럽이었다. 전화 받고 계산하며 종일 앉아 있는 일에는 전신운동이 필요했다. 춤바람 멤버에 포목상 여주인들이 많았던 건 우연이 아니다. 종일 방바닥에 앉아 옷감과 씨름하다 보면, 택시 기사들이 조기 축구에 열광하는 것만큼이나 온몸운동이 절실해지지 않겠는가.

"니네 어머니가 환갑날, 테이블 사이를 누비시며 하객들에게 인사하실 때 치맛자락에 쌩 소리 나는 스텝이 범상치 않다 생각했다."

이런 이야기를 나누는 사이에 내 가슴에는 '춤바람'이 인생의 로 망으로 자리 잡았다. 삶을 즐기며 그렇게 '쌩쌩'하게 나이 먹어 가리 라.

그러나 20년 가까운 세월 동안 춤은 바람願일 뿐 바람風이 되지 못 했다. 아니 바람이었다는 것조차 까먹고 있었다. 그런데 서귀포에 춤바람 난 여자들이 있었다. 그것도 버젓이 선녀라는 이름을 달고 남편들의 지지와 응원을 받으며 신나게 살고 있었다. 48세부터 64 세까지 평균 연령 59세의 아줌마 댄스팀, '제주올레 칠선녀'가 그녀 들이다.

선녀1 강순심

학창 시절부터 다리 좀 떨고 리드미컬하게 껌 좀 씹었던 이 언니 는 결혼 후에도 몸이 근지러워 견딜 수가 없었다. 세탁기가 탈수를 하느라 진동할 때면 그걸 붙들고 같이 흔들렸다.

무대 복장은 검은 남자 교복에 삐딱한 모자, 빨간 양말. 콘셉트는 껄렁한 남고생.

선녀2 서애순

서귀포에서 최초로 스쿠터를 탔다는 이 여인, 몸이 재기로는 둘째 가기 서러웠다. 그러나 장녀로 태어난 죄로 바쁜 엄마 대신 동생들의 엄마로 사느라고 놀 줄을 몰랐다. 성대모사에 우스운 소리 잘하는 예능감 만빵녀임에도 남편이 죽고 장성한 딸이 서울로 간 다음에는 살짝 우울증이 왔다. 그래도 춤은 절대 아니라고 확신하며 살았다.

"주변에서 권했어도 나는 죽어도 안 할라고 했어. 그런데 육십 넘어 난 춤바람에 우울증도 싹 낫고 여기 재미져서 이젠 안 오곤 못살 커라."

무대 복장은 리본에 똥꼬치마. 콘셉트는 일곱 살 재롱둥이 소녀.

선녀3 미선이

이름대로 예쁘고 착한 58세. 긴 팔과 긴 다리는 춤에 최적으로 보이지만 '아직도 콩깍지가 덜 벗겨진' 남편 눈에도 명백한 몸치. 오로지 노동용으로만 발달시켜 온 그 몸은 음악을 탈 줄 몰랐다. 이름의 '미'자가 아름다울 미가 아니라 쌀 '미'라는 것에 그의 삶이 규정당한 것일까.

"미깡 따다가도 춤추러 올 생각만 하면 궁둥이가 들썩들썩 한다니까."

뻣뻣하던 아내가 리듬을 타게 되어 너무 좋다는 남편, 가끔 밥도 쏘고 노래방도 쏜다.

무대 복장은 주유소 멜빵바지에 운동모자. 콘셉트는 사춘기 반항 소년. 너무 여자다움에 갇혀 놀 줄 모르고 일만 해 온 삶에 대한 반항일지도.

선녀4 소피아

생전 몸을 흔들어 본 적이 없는 사람. 결혼식 날 피로연에서 친구들이 춤 한번 추라고 그가 앉아 있던 의자를 번쩍 들어 무대 위로 옮겼어도 끝내 손가락 하나 까딱하지 않고 완전 '쌩 깐' 대단한 경력의 소유자.

그녀의 철옹성은 60을 바라보는 어느 날 한 바닷가에서 맥없이 무너졌다. 나와서 춤추라는 해변 축제 사회자의 멘트에 거리낌 없이 달려 나가는 아들과 며느리, 나이를 잊은 듯 젊은이들과 한데 어울려 춤을 추는 자기 또래의 외국인들. 아, 나는 여태 왜 이러고 살았을까. 저 좋은 것을 왜 여태 닫고 있었던가.

그녀의 무대 복장은 아라비안나이트의 세헤라자데. 낮에는 손녀 보는 할머니, 밤에는 춤꾼. 인생 천일야화가 피어나고 있다.

선녀5 돌아온 복자 씨

유기농 감귤 농사가 바빠 춤을 포기했었다. 그 속내에는 교회 권사님이라는 자의식이 걸림돌로 있었다. 그러나 한번 신은 분홍신은 멈출 수 없었다. 그걸 참고 귤을 따고 있자면 몸보다 마음이 힘들어서 결국 돌아왔다. 우직한 외길 농사꾼 그 남편, 빨강색 뽀글이 파마가발에 쫄바지를 입고 무대에서 춤추는 아내를 보더니 연출자에게 항의 전화를 걸었다.

"차림새가 그게 뭐꽈?"

이 보수적인 남편을 어떻게 달래야 할까, 할 말을 찾는 사이에 남편은 완전히 할 말을 잃게 만들었다.

"화끈하게 미니스커트를 입혀야 보는 맛이 있지, 그게 뭐꽈?"

무대 복장은 남편의 항의를 반영, 미니스커트 대신 세일러복에 짧은 주름치마. 콘셉트는 초등학교 1학년 소녀, 그 남편이 반했다는 바로 그 나이.

선녀6 옹김이

최연소에 최신참. 직업은 올레꾼들의 짐을 숙소로 날라다 주는 옹김이. 최연소답게 남편도 신식이라 칠선녀 행사날에는 항상 참석하여 '나무꾼'이라는 공식 타이틀을 갖고 있다. 몸이 아파 병원에 입원했을 때 가장 걱정된 게 가족의 밥이 아니라 선녀 퇴출이었다는 완전 춤바람녀.

무대 복장은 빨간 스타킹에 핫팬츠. 콘셉트는 섹시 댄서.

선녀7 깻잎 소녀

원앙금슬 남편한테 공주 대접 받으며 살아온 여인. 남편이 병으로 세상을 떠난 후 동사무소에서 등본 한 통 뗄 줄 모르고 살아온 자신을 발견하고 깜짝 놀랐다. 자식들의 독립은 전업주부로만 살아온 그의 삶에서 오히려 활력을 앗아 갔다. 자칫 우울증에 빠질 위기에서 올레길로 구원을 받고 골프 대신 춤바람 칠선녀를 택했다. 아저씨 분장이어도, 자식들 눈에 차지 못해도 상관없다. 춤 연습날이 막 기다려지는 소녀 감성 깻잎 머리 그녀는 지금 인생중학교 2학년.

무대 복장은 멜빵반바지에 넥타이, 신사 중절모. 콘셉트는 그리운 남편과 함께 쉘 위 댄스.

칠선녀는 숫자를 의미하는 것이 아니다. 서귀포 칠십리처럼 서귀포의 여자를 상징하는 말이다. 그래서 선녀가 더 있다. 혜시스터즈, 장신에 노래 솜씨까지 겸비하여 서귀포의 펄시스터즈로 통하는 선녀8 혜자와 선녀9 혜진, 여기에 매니저 선녀 미소까지.

재미있는 건 안무 연습과 공연 일정을 관장하는 이 매니저 선녀의 나이가 가장 어리다는 것. 연습 때는 존칭 생략 선녀들 이름 쫙쫙 부르는 카리스마에, 개성에 맞게 무대의상 코디하는 놀라운 감각. "언니들 연습 안 하면 나 매니저 그만 둘크라" 협박에 칠선녀 왕언니들이 껌벅 죽는다.

2015 제주도 양성평등주간 기념 무대에서 칠선녀는 영화 〈써니〉주제곡에 맞춘 댄싱으로 좌중을 완전 뒤집어 놓았다. 반응 없기로

유명한 제주도 사람들이 그간 어찌 참고 살았나 싶게, 태풍에 버들잎처럼 가만있지를 못했다.

"춤추러 온다는 자체가 중요한 거야. 나도 시간 맞춰 갈 데가 있고 뭔가를 이뤄 내야 하는 사회적인 일이 있는 거잖아."

춤은 자유로운 바람이고 잃었다가 되찾은 날개옷.

공연을 마치고 계단을 내려와서도 아쉬워 발길을 돌리지 못하고 옹기종기 모여 있는 칠선녀는 그 모습도 영락없는 '소녀', 그들이었다. 돌아온 소녀시대!

갑자기 나도 여기 끼고 싶어졌다. 몸치 선배들도 여럿 계시니 나라고 못할쏘냐. 바람 타는 섬 제주에서 나는 춤바람 난 열 번째 선녀를 꿈꾼다.

엄마 엉덩이 통통하대

　서귀포에는 목욕탕이 많다. 우리 집에서 걸어갈 수 있는 목욕탕만 해도 예닐곱 개가 된다. 인구수에 비해 목욕탕이 너무 많은 거 아닐까, 처음엔 오지랖 넓게 영업 걱정을 했는데 유지되는 비결이 다 있었다.

　이른바 달 목욕. 목욕탕에 출근 도장을 찍고 있는 여자들이 한두 명이 아니었다. 서귀포가 원래 따뜻하기도 하지만 물자가 귀해 아예 난방시설이 없는 집이 많다 보니 공중목욕탕이 발달할 수밖에 없었다. 게다가 부지런한 제주 여자들에게 목욕탕은 피로 회복 겸 쉼터로 자리 잡은 지 오래였다.

한번은 아는 언니와 길을 가고 있었는데 갑자기 "아이고, 잘도 오랜만이다" 하면서 누군가를 붙잡고 서서 한참 이야기를 나눴다. 언니는 그이의 가족 안부까지 물었고 그이는 언니에게 누구는 어떻게 지내냐며 여러 사람의 소식을 물었다.

그 사람과 헤어진 다음 어느 학교 때 동창이냐고 물었더니 깔깔 웃으며 '목욕탕 동창'이라고 했다. 매일 보는 동네 사람, 그것도 벌거벗고 만나는 사이이다 보니 친해지지 않는 게 오히려 이상했다.

12월 바람이 차가워질 무렵, 어머니를 모시고 목욕탕에 갔다. 집에서 나와 길을 한 번만 건너면 되니 목욕탕 가는 길은 부담이 없었다. 얼마 만에 어머니와 하는 목욕인가. 목욕탕 주인은 대번에 우리가 신입인 걸 알아봤다. 주인뿐이 아니었다. 목욕하러 온 모든 사람이 우리를 쳐다봤다.

목욕탕 동창생들 속에서 우리는 이방인이었다. 어머니는 매우 민망해하셨다. 하긴 어릴 적에 목욕을 가면 어머니 또래의 여자들은 수건을 길게 늘어뜨려 앞을 가리고 들어갔다. 같은 여자끼리도 알몸을 노골적으로 보이지 않던 세대가 있었던 것이다.

제주 여자들의 벗은 몸은 멋지다. 골격이 크고 힘세 보이는 당당함, 나이를 막론하고 그들에게는 카리스마가 느껴졌다. 갈옷 색깔을 닮은 그들 속에서 어머니의 하얀 속살은 낯섦을 넘어 유약함처럼 보였다. 어머니는 나를 쿡 찌르시더니 구석 쪽의 개인별 샤워기 앞에 자리를 잡으셨다. 어머니와 속닥이며 때를 밀고 있는데 옆에서 투박한 제주도 말이 들렸다.

"어멍이냐?"

기둥처럼 튼실한 다리, 올려다보니 전형적인 제주 할망이었다. 그 집도 딸과 왔는지 서 있는 할머니 아래 젊은 여자가 앉아 때를 밀어 드리고 있었다. 편안한 웃음을 띤 그분은 어머니의 나이를 물었다.

"팔십오요."

"하영(많이) 젊수다."

나는 어머니에게 통역을 해드렸다.

"엄마, 옆에 할머니가 엄마 많이 젊다는데?"

"뭐?"

어머니는 귀를 의심하셨다. 젊다는 말, 이게 얼마 만에 들어보는 잊혀진 진실인가.

"나보다 젊어 뵈누만."

어머니는 애써 시큰둥한 반응이셨다.

"할머니는요?"

"구십!"

우렁찬 구십 소리에 어머니의 눈이 휘둥그레졌다.

"구십이요?"

확인해도 구십이었다.

세상에, 구십 노인이라니…. 그때 할머니의 딸이 핀잔을 주듯 말했다.

"엄마, 또 나이 까먹는다."

그럼 그렇지, 저리 쩡쩡한 노인이 무슨 구십.

"나, 몇 살이냐?"

할머니의 물음에 딸은 종아리께의 때를 밀어 드리며 말했다.

"구십셋."

우리 어머니의 입이 쩍 벌어졌다. 여든이 넘으면 일 년, 한 달이 아기 자랄 때만큼이나 뚜렷한 차이인데 물경 팔 년 차이라니 '하 영 젊다' 할만 했다.

목욕을 마치고 탈의실로 나오니 먼저 목욕을 마친 그 할머니가 평상에 앉아 계셨다.

"저 피부 곱닥한 어멍이 85세래."

어머니를 가리키는 말에 다른 여자들이 한마디씩 보탰다.

"피부가 잘도 하얗다."

"엉덩이가 잘도 통통하다예."

졸지에 동네 미스코리아 심사대에 놓인 어머니는 어쩔 줄 모르셨다. 그러나 입가에는 연한 미소가 번지고 있었으니 아무도, 심지어 당신조차도 곱게 보지 않던 늙고 쭈그러진 몸이 다시금 관심의 빛을 받으매 저절로 피어나는 잔잔한 환희였다.

"원, 그 할머니가 93세라니, 제주도 여자들이 튼튼하다더니 정말이네."

집으로 걸어오면서 어머니는 혼잣말하듯 아까를 되짚으셨다. 목욕탕에 가기 전보다 확실히 밝아진 표정, 그건 자신감이었다.

제주에 이사 와서 다 좋지만 한 가지 마음에 걸리는 것은 어머니의 적응이었다. 어머니 생의 마지막 둥지라 믿고 다듬고 가꾼 김포 집을 떠나 졸지에 객지의 셋집에 들게 된 어머니가 행여 의기소침하실까 봐 마음을 졸였었다.

나는 동네 할머니들의 우정에 왈칵 눈물이 솟아 일부러 깔깔대며 엄마를 놀렸다.

"엄마, 엉덩이가 통통하대."

그런 나를 살짝 흘겨보시는 어머니 입가에는 미소가 밤하늘의 달처럼 은은하게 번지고 있었다.

낄낄거림이 필요한 시간

우영이는 내 친구 중에서 가장 눈 밝은 친구이다. 사람의 마음을 꿰뚫어 볼 때가 많아 그를 다른 이에게 소개할 때 농담 삼아 전공이 해부학이라고 말한 적도 있다. 그 친구가 내게 이런 말을 했었다. 아마 마흔쯤 되었을 때지.

"사람에게는 누구나 근본 불안이 있어. 그게 젊고 건강할 때는 안 나타나다가 힘들어지면 나타나는 거 같아."

그 말을 처음 들었을 때 그의 남다른 가족사를 떠올렸다. 평생을 도박 중독으로 보낸 아버지, 그 아버지의 그늘에서 불안한 어린 시절을 보내고 그것도 모자라 결혼하고도 아버지의 빚 때문에 전전긍

궁하고 살았으니 그에게는 어쩌면 아버지가 근본 불안일지도 모른다 생각했다. 그 후로 그는 10년을 잠적했다. 집도 알고 전화번호도 알고 있었으니 엄밀히 말하면 잠적은 아니지만 만나 주지도 않고 전화 통화도 쉽지 않으니 잠적이나 다름없었다. 친구들 사이에서 들리는 말로는 조기 폐경의 충격으로 우울증에 시달린다고 했다.

쉰 살이 넘어 다시 만났을 때, 그는 상상 초월로 명랑해져 있었다. 소녀처럼 까르륵 웃었고, 세련된 유머 감각으로 우리를 즐겁게 했다. 누가 자책 어린 말을 하거나 불만스런 상황을 얘기하면 괜찮아, 괜찮아 토닥이며 굳어지는 분위기를 편안하게 풀어 주었다. 그가 있어야 우리는 활기를 띨 수 있었다. 논리적이고 까칠했던 그 아이가 감성적이고 관대한 친구가 되어 있었다. 그런 그를 보면서 나는 생각했다.

"저 애는 마치 긴 터널을 빠져나와 빛이 된 거 같아."

신경정신과에서 처방 받은 수면제를 처음으로 먹고 잔 다음 날 아침을 나는 잊을 수 없다. 마취를 했을 때처럼 거두절미하고 잠이 들었고, 눈을 떴을 때는 8시간이 지나 있었다. 그러나 잠을 잤다는 느낌이 없었다. 필름의 중간을 잘라 내고 이어 붙인 것처럼, 연속성이 전혀 없는 생뚱맞은 장면전환이었다. 하루 종일 목이 타들어 가게 말랐고, 내가 로봇처럼 느껴졌다. 약을 처방한 의사와 어렵사리 통화가 되었다. '목마르고 몸이 좀 뻣뻣한 느낌이 올 수 있고, 약에는 부작용이 있는 거'라고 말하고 끊는데 기계와 대화한 거 같았다. 먹어야 하나 말아야 하나 며칠 갈등을 겪다 우영이가 떠올랐다. 눈 밝은 그가 내 문제를 해부해 줄 수 있으리라 기대했던 것은 아니다.

"얼마나 힘들었을까. 그 젊은 나이에 저 혼자 깜깜하고 막막한 터널에 갇혀 있었으니⋯."

매를 맞아 보니 미처 친구를 이해하지 못했던 것이 새삼 미안했다. 그 친구 집 근처에 가서 전화를 걸었다.

"우영아, 내가 많이 우울하고 힘들었어. 그런데 네 생각이 나더라⋯."

그 다음 내가 이어갈 말은 "네가 이렇게 힘들었을 때 나는 너를 이해하지 못했어. 미안해"였다. 그런데 그의 반응에 그만 다음 말을 까먹고 말았다.

"오, 목소리 분위기 있어졌는데. 나쁘지 않아. 내가 여태 들었던 네 목소리 중에 최고야."

"그래?"

"어디야?"

그를 기다리는데 갑자기 다른 세상에 있는 것 같았다. 그가 방글거리며 나타났다. 눈에는 호기심이 넘쳐 장난스러워 보이기까지 했다.

"야, 이제야 네가 좀 어른같이 보인다."

"야, 나 정말 아프단 말이야."

"내가 언제 너 안 아프다고 했냐?"

친구의 이죽거림이 내겐 안심이 되었다. 어릴 적 넘어져 피를 보고 죽음의 공포를 느낄 때, 어른들이 느긋하면 괜히 더 엄살을 부리면서도 속으로는 은근히 안심이 되던 그런 기분?

입맛이 없어 점심을 걸렀다는 내 말에 그는 먹자골목을 번거로워하지 않고 운전해서 돌아다녔다. 입덧도 아니면서 변덕에 변덕을 거듭하다가 드디어 오리고기 식당에 마주 앉았다.

"나는 너를 볼 때마다 조마조마했었어. 저러다가 죽지 했어. 죽는 게 별거겠어? 질주하다 질주하다 한순간 멈추면 그게 죽는 거지."

"내가 그렇게 보였단 말이야?"

"몰랐어? 남들 눈에는 활발하고 열정적인 걸로 보였을 수도 있지만 내 눈에는 위태로웠어. 얼마나 걱정했다고. 암튼 이제 멈춰선 것을 축하해."

땡땡땡!

내 머릿속에서 종소리가 났다.

"우리 집에서 며칠 쉬어 가. 그런데 밥은 못 해 줘. 나랑 딸이랑 둘만 살면서 우리는 홍콩 스타일로 살기로 합의했거든. 집에서 밥을 거의 안 해 먹어. 다 사 먹어. 대신 내가 집 근처 꽤 괜찮은 맛집이랑 술집은 몇 개 알고 있어."

남편은 외국 지사에, 아들은 군대에 가서 두 여자만 사는 투룸의 오피스텔은 자취집 같았다. 가방만 던져 놓고 나와 가뿐하게 동네의 단골 술집을 찾아 걸어갈 때 우리는 자취생 같았다. 아, 이 냄새. 30년 전, 그 애의 자취방에 가방을 던져놓고 학교 앞 분식집을 향하던 그 시절의 냄새.

"이 집은 맥주가 아주 특이해. 안주는 고로케가 별미고. 여기 테이블이 세 개뿐이잖아. 그래서 쟁탈전이 치열해. 여기 앉았을 때의 그 쾌감, 그때 왔다가 허탕치고 가는 사람들을 보면 쾌감은 더 커지지."

그는 이 이야기를 하는 동안 세 번 넘게 키득거렸다. 아마 머릿속으로 지나간 필름을 돌리는 모양이었다. 나는 그가 부럽다 못해 신기해서 아무 대꾸도 생각하지 못하고 그저 바라만 보았다.

집에 돌아와 잠자리에 누워 뒤척이는 내 옆에서 그는 TV 다시 보기를 눌러 화제의 드라마를 보여 주었다. 그리고 드라마 소리 사이로 독백과 방백을 섞어 나를 아침으로 넘겨주었다.

"나는 우리 아버지 때문에 어떤 중독증이 유전되어 있을지도 모른다는 불안에 시달렸어. 그래서 늘 자신을 지켜보고 감시했어."

대학 시절 내내 그는 매우 진지했고 늘 심각했다. 술도 많이 마셨다.

"결혼해서 독립하면 나을 줄 알아서 일찍 결혼했어. 그런데 혹시 격세유전으로 자식들에게 나타날지도 모른다 싶어 더 불안에 시달렸어. 그래서 애들을 달달 볶았지. 애들하고 얼마나 사이가 나빴는지 몰라. 애들은 계속 문제를 일으키고 그럴수록 내 불안은 더 커지고, 회사 일로 바쁜 남편에게 원망의 화살을 겨누니 남편과도 사이가 나빠졌어."

남편은 밖으로 돌고, 아이들이 눈도 안 맞출 즈음에야 그는 정신과 의사를 찾아갔다. 당시엔 꽤 거금이었는데 생활비를 줄여 상담을 받으러 다녔다. 그 과정을 통해 근본 불안을 찾아냈다는 것이다.

"너무 신기한 거 있지? 나는 내 속만 들여다보고 살았는데 아이들이 정말 하루아침에 순한 양이 된 거야. 기적이 따로 없지 않냐?"

자신이 잠적해 있던 시절의 이야기를 해 주는 그는 세헤라자데였고, 우리는 밤마다 아라비안나이트였다.

"세상에 불안을 느끼지 않는 사람은 없어. 엄마와 탯줄이 끊어지는 순간부터 인간은 불안하다는 말도 있지. 그 불안을 이기기 위해 많은 사람들이 좋아하는 일이나 하고 싶은 일에 매달려서 살아. 무언가 큰 업적을 이룬 사람은 그만큼 불안하게 살았다는 말이 되는 거지. 심리학의 전설 칼 융이 평생 불안 증세에 시달린 거 알아?"

나에게 이런 이야기를 하는 건 그의 눈으로 나를 해부한 결과 어떤 불안을 보았기 때문이겠지. 그것도 오래전에. 그가 본 나의 근본 불안은 무엇이었을까? 나도 빨리 그것을 찾아내야지. 그 뚜껑만 열리면 행복이 모락모락 피어날 것 같았다. 멈춰야 비로소 보이는 것들, 이제 멈췄으니 봐야 할 것을 볼 때 아닌가.

"너는 낄낄대는 시간을 좀 가질 필요가 있어."

낄낄대는 시간?

"너는 그래도 인생에서 꽃을 펴 보았잖아. 펴 보지도 못하고 이렇게 저물어 가는 거 기분 되게 더러워."

모범생이던 우영이 입에서 '껌 좀 씹고 침 좀 뱉던 언니'들이나 하던 말과 표정이 나오다니! 게다가 일요일마다 교회에 가는 독실한 크리스천이 아닌가.

"내가 요즘 깨달은 게 있어. 인생, 너무 심각할 거 없다는 거야. 나는 일주일에 두세 번은 사람들 만나서 낄낄대. 예전에는 실없다고 생각했는데 인생에서 낄낄대는 시간은 아주 중요하더라. 내가 교회를 다니는 건 예배 마치고 말 통하는 사람들 몇이랑 맥줏집에서 낄낄대는 시간이 좋아서야. 얼마나 재미있는데. 나는 인생에서 보물을 못 찾을까 봐 전전긍긍했던 거 같아, 학교 소풍 때처럼 말이야. 그런데 보물을 찾아봤자 그때 잠깐뿐 아냐? 낄낄댈 수 있는 게 영원한 보물 같아."

정말 그랬다. 며칠 곁에서 본 그는 도무지 심각한 게 없었다. 키득거림의 압권은 아들과의 전화였다. 처음에는 친구인 줄 알았다. 비속어를 섞어 쓰면서 이야기를 하는데 완전 낯설었다.

"나는 얘랑 이야기가 제일 잘 통해. 거의 전우지, 전우."

또 킥킥 웃는데 너무 행복해 보였다.

"지난 학기에 대학에서 글쓰기 강의를 하나 맡았어. 강의를 마치고 평가서를 받았는데, 한 학생이 자기가 굉장히 힘든 시기를 보내고 있었는데 내 시간을 통해서 인생을 되돌아볼 기회가 되어 좋았다고 쓴 거야. 내 꿈이 소설가였던 거 알지? 내가 비록 소설가가 되진 못했지만 대신 저마다 제 삶의 소설을 쓸 수 있도록 돕고 있구나, 내 몫은 이것이었나 보다 싶더라. 그런데 그게 섭섭하거나 아쉽지 않고 기분이 아주 좋았어. 홀가분하다고 할까?"

마음을 쓰다듬는 '눈'은 우영이의 신의 한 수였다. 끝도 없는 자기 내면으로 들어가 깜깜한 곳에서 자신을 발견하는 과정에서 눈에 빛이 생긴 우영이. 그 빛으로 그는 사람들의 마음을 비춰 주었다.

그의 낄낄거림은 마음을 쓰다듬는 소리였다. 자신의 마음을 쓰다듬고 다른 사람의 마음을 쓰다듬는 소리였다. 멈추는 것을 두려워하지 말라고, 그건 자기 속을 여행할 때가 왔음을 알리는 축복의 메시지라고, 그리고 그 여행을 할 때는 심각해하지 말고 낄낄거리라고. 그가 이런 가이드가 되기까지 얼마나 긴 시간을 여행했던가.

"내 생애 최고의 시기는 지금이야. 이보다 좋을 순 없다가 내 주제가라니까. 나는 매일매일 행복해."

이제 돌아와 낄낄대는 우영이, 내 생애 최고의 반전 가이드였다.

2장

•

누구에게나 신의 한 수가 있다

궁금하면 1년 반!

ㄱ시에 강연을 갈 때만 해도 내 머릿속에 송희 씨는 없었다.

강연을 마치고 나오자 갑자기 비가 오기 시작했다. 난감했다. 강연을 마친 강사는 주최 측이 행사 마무리에 바쁠 때 쿨하게 "그럼, 이만"이라 말하고 바람과 함께 사라져 주는 센스가 필수이다. 하지만 대기하고 있는 승용차는커녕 우산 하나도 없었으니….

일단 급히 주차장과 맞닿아 있는 건물 지붕 밑으로 피했다. 비가 거세졌다. 그때 갑자기 송희 씨가 떠올랐다. 왜 그랬는지는 지금 생각해도 모르겠다. 아마 내가 송희 씨를 만나 인생의 한 수를 배우도록 우주 시나리오 어디쯤에 있었던 모양이다.

송희 씨를 처음 본 건 2년 전 내 친구 집에서였다. 친구는 동네에서 약초 민간 박사로 소문나 있었다. 자신의 아픈 몸에 약초로 임상실험을 해서 효과를 거둔 것이 알려져 아픈 사람들이 자문을 구하러 오곤 했다.

송희 씨도 그중 하나였다. 오랫동안 음식점을 하면서 과로가 쌓여 건강을 해친 것이라 했다. 얼굴에 부기가 있고 혈색이 없는 것이 한눈에도 아파 보였다. 그럼에도 그는 나를 저녁 식사에 초대했다.

그 집은 바닷가에서 한 골목 뒤에 있었다. 바다가 보이지 않았다. 메뉴도 생선 요리가 아니라 고기 요리에, 한정식이었다. 식당은 꽤 넓었고 2층은 펜션이었다. 음식은 담백하고 매우 맛있는데도 식당은 한적했다. 작은 식당을 하다 맛집으로 소문이 나서 확장 이전을 했다는데 위치가 약간 외진 느낌이었다. 2층 펜션에서는 바다가 보인다고 했지만 그곳 역시 손님이 없어 보였다. '아무리 잘되는 집도 자리를 뜨면 안 되는 법'이란 통설이 생각나 안타까운 마음이 들었다.

그는 2년이라는 긴 시간을 단박에 넘어 어제 본 듯 반겨 주었다. 말투는 평범했으나 잡은 손을 놓지 않고 한동안 토닥거리며 웃어 주는 것으로 그 반가움의 깊이가 전해져 왔다.

마침 여름휴가 성수기였다. 음식점 입구로 연신 사람들이 들고나는 것이 이른바 '대박'이 나고 있었다. 펜션을 예약하려는 전화도 계속 걸려 왔다. 송희 씨는 건강이 좋아진 정도가 아니라 눈에 띄게 젊어져 있었다. 이 사람에게 그동안 무슨 일이 있었던 것일까?

그는 내게 밥 먹었냐고 묻지도 않고 무조건 식당으로 데리고 들어 갔다. 마치 객지에서 돌아온 자식을 대하는 엄마 같았다. 밥 먹는 모습을 쳐다보는 그 얼굴도 마치 자식 입에 밥 들어가는 것을 보는 엄마 같았다.

"가끔 생각이 났어요."

내가? 왜지?

"저도 모르게 그러더라고요. 우리 집에 한 번 오셨고 전화 통화 한 번 한 게 전부인데도 그러더라고요."

그의 말투는 높낮이가 없이 밋밋한데 이상하게도 귀가 아니라 가슴에 와 닿았다.

"천천히 잡수세요."

그는 울리는 핸드폰을 들고 일어나 식당 밖으로 나갔다. 아마 펜션 예약 손님인 듯했다. 그의 말대로 천천히 밥을 먹었다. 높낮이 없는 그의 말이 나를 수평선처럼 안정시킨 것 같았다.

"모처럼 오셨는데 우리 집에서 쉬었다 가세요. 아주 오래전에 예약한 손님인데 자기도 잊어버렸는지 오지도 않고 연락도 없네요. 펜션 방도 임자가 따로 있더라고요."

송희 씨는 내 배낭을 들고 씩씩하게 2층 계단을 올랐다. 뒷모습이

장군 같았다. 방문을 여는 순간 나는 깜짝 놀랐다. 열 명도 족히 잘 만큼 큰 방이었다. 나 혼자 이런 큰 방을 차지해도 되나?

생각해 보면 나는 한 번도 무엇을 독차지해 본 적이 없었다. 내 방이라고 이름 붙어 있는 곳에서조차 나는 혼자였던 적이 없었다. 내 머릿속에 늘 가족이라는 존재가 상주하고 있었기 때문이다. 앉아 있으면 해야 할 일들이 쉼 없이 떠올랐고, 그때마다 나는 이리저리 몸을 움직여 댔다.

'마음이 바쁘니 몸이 지치는 건 당연한 일이었구나.'

나는 한참을 가만히 앉아 있었다. 남의 집 넓은 방에 앉아 있으니 내 모습이 더 잘 보였다. 큰 방 한가운데 바위처럼 앉아 있는 나, 마음이 편안해졌다. 큰 방에 있으니 오그라들어 있는 줄도 모르게 접히고 구겨져 있던 내가 펴지면서 굳어 있던 내 마음도 슬슬 녹아서 자유롭게 풀려나는 것 같았다.

'큰 터를 만나면 잠재되어 있던 것들이 여백으로 나오는구나.'

나는 이것을 '큰 방 효과'라고 이름 붙였다.

똑똑.

문을 두드리고 송희 씨가 나타났다. 손에 든 쟁반에는 복숭아와 견과류와 마실 것이 놓여 있었다. 그는 쟁반을 가만히 탁자 위에 두더니 벽을 향해 앉아 있는 내 곁에 앉았다. 면벽 수좌도 아니면서 벽을 향해 나란히 앉은 나와 송희 씨. 함께 있으면서 말이 없는 그 상황이 이상하게도 참 편안했다. 그렇게 있다 보니 대화를 할 때보다 더 또렷하게 그의 존재가 느껴졌다.

그가 일어섰다.

"내일 아침 같이 해수탕에 가요. 일찍 가야 물이 좋아요. 6시쯤 올 게요."

그가 사라지고 난 다음에도 나는 외롭지 않았다. 깜깜한 방에 혼자 있어도 무섭지 않았다.

새벽은 금방 왔다. 바닷가 길을 달려 따뜻한 물에 몸을 담그니 긴장이 풀리면서 몸이 나른해졌다. 그간 너무 지치고 힘들게만 했던 나의 몸에게 미안하다는 생각이 저절로 들었다. 여기서라도 내 몸을 쉬게 해 줘야 한다는 생각에 나는 온탕에서 꼼짝도 하지 않았다. 창밖으로 보이는 바다가 답답함을 달래 주었다.

송희 씨는 그야말로 물 만난 여자였다. 열탕과 냉탕을 왔다 갔다 하면서 아이처럼 즐거워했다. 아팠던 그의 몸이 거의 회복된 것이 확실히 느껴졌다. 송희 씨가 내가 있는 탕 안으로 옮겨 왔다.

"목욕탕에서 바다를 바라보면 마음이 편안해져서 좋아요."

우리는 바다를 바라보며 다시 나란히 앉았다. 또 아무 말 없이 함께 물에 잠겨 있었다.

"1년 반을 기다리게 하시더라고요."

하마터면 '누가요?'라고 물을 뻔했다. 그의 시선이 여전히 창밖을 향해 있는 걸 보고서야 자기 고백이 시작되었음을 알아차렸다.

"처음에 식당을 열었을 때는 손님이 안 왔어요. 아침에 일어나서 서너 명 먹을 양만큼 반찬 몇 가지를 만들었어요. 손님이 안 오면 그걸 다 버리고 다음날 새 반찬을 다시 만들고요. 새 손님에게 묵은 반찬 주기는 싫었어요. 매일 서너 명 분의 새 반찬을 만들고, 버리고. 그러다 어느 날 손님 한 명이 오면 너무 반가운 거예요. 손님이 맛있게 먹었다고 하면 그게 또 너무 기쁘고 고맙고요. 물론 한 명도 안 오는 날이 더 많았어요. 그런데 어느 날부터 갑자기 손님이 끊이지 않더니 어느 때부터는 정신없이 몰려왔어요. 식당을 연 지 1년 반이 지나 있더라고요."

손님에게 정성을 다하는 마음이 손님을 끌었다는 건 당연한 결과였지만, 손님도 없는 식당을 1년 반이나 그것도 음식을 해서 버리면서까지 버텼다는 것이 놀라웠다.

"앉을 자리도 없고, 손님들을 한참씩 기다리게 하는 것도 미안하고 그래서 팔고 넓혀 왔어요. 그런데 새 집으로 이사한 다음에도 똑같이 1년 반을 기다리게 하시더라고요. 참 신기하죠?"

도대체 왜 1년 반일까.

"손님이 없으니까 애가 탔어요. 은행 융자금 이자랑 전기세 같은 유지비는 꼬박꼬박 나가는데 장사는 안 되고. 그래서 속이 상하면 언덕에 올라갔어요. 바다를 내려다보면 속이 좀 시원해지니까요. 어느 날 언덕에 올라 우리 집을 내려다봤어요. 그런데 집이 너무 우중충하고 칙칙한 거예요. 내가 봐도 들어오고 싶지 않은 분위기였어요. 그래서 빚을 얻어서 전광판을 만들어 환하게 장식했죠. 그리고 손님을 기다렸어요. 매일 정성껏 새 음식을 만들고 남은 건 버리면서 또 1년 반을 견뎠지요."

송희 씨는 사람을 기다리며 사람의 존재를 무겁게 여길 줄 알게 되었다. 그래서 정성을 들일 줄 아는 사람이 되었고, 그것이 곧 사람을 끌어당기는 힘이 된 것이다. 나는 송희 씨가 사업적으로 성공한 것보다 기다릴 줄 아는 능력이 부러웠다.

"식당을 아들과 딸에게 물려줘야 할 텐데 아이들은 기다릴 줄을 모르는 거 같아요. 아이들은 손님이 많이 몰린 날은 힘들어해요. 나는 그게 너무 안타까워요. 나는 손님을 하루 종일 기다려 봤잖아요. 그러니까 손님 한 사람, 한 사람이 그렇게 소중할 수가 없어요. 단체 손님이 와도 내 눈에는 다 한 명 한 명이거든요. 그걸 어떻게 해야 가르칠 수 있을까요?"

나 역시 기다림을 배우지 못했는데, 오히려 더 빨리 하지 못하는 것을 걱정하고 있는 조급한 인간인데, 나에게 기다림의 길을 묻다니…. 부끄러워 시선을 떨궜다. 그는 가르칠 방법을 숙고하는 것으로 오해했을 것이다.

목욕을 마치고 늦은 점심을 먹고 돌아와 나른하게 누워 있었다.

'1년 반을 기다리게 하시더라고요.'

비몽사몽간에 그의 말이 계속 들렸다. 그래서 노크 소리를 못 들었나 보다.

"저랑 바닷가 산책하실래요?"

송희 씨는 카페들이 늘어선 해안가로 나를 데려갔다.

"저 집이에요."

정말 작은 집이었다.

"같은 메뉴를 하지 않는다는 조건으로 가게를 팔았어요. 그런데 알고 보니 이 사람이 약속을 깨고 우리랑 같은 메뉴를 하는 거예요. 우리 집인 줄 알고 사람들은 거기서 먹고, 새 주인은 이전했다는 말을 굳이 해 주지 않았겠지요. 너무 속이 상해서 몇 번이나 그 집에 따지러 갔어요. 그런데 이쯤에만 오면 누가 붙잡듯이 멈춰지는 거예요. '어차피 저 집에 온 사람은 저 집 손님이고 내 손님이면 내 집에 올 것을, 내 손님 없는 것을 내가 괜히 저 사람 탓을 하는구나.' 그렇게 몇 번을 생각하고 나니까 이 집 앞을 지날 때마다 내가 팔고 간 집이 잘 되어야 나도 좋지 하는 마음이 들어요."

그때부터 이 집 앞을 지나 해안가를 따라 쭉 걷는 것이 그의 산책로가 되었다.

"이 길을 따라 산책을 하고 나면 모든 사람에게, 모든 것에게 감사

하는 마음이 들어요. 왜 그런지는 모르겠어요."

"궁금하면 1년 반! 1년 반만 기다리면 그 답이 나오지 않을까요?"

내 말에 그가 웃었다.

기다림, 1년 반. 그래 나도 이 아픈 시간을, 이 늪에 빠진 것 같은 시간을 1년 반 견뎌 보리라. 매일매일 내 안에 쌓여 있는 것들을 버리면서, 그렇게 1년 반만 보내 보자.

바다도 안 보이는 이 식당이 바닷가 식당보다 문전성시인 것은 수평선의 마음을 닮은 주인이 있기 때문일 것이다.

죽지 않는 두부

아침에 일어나니 형부가 두부를 만들고 있었다. 언제 일어나셨지? 어젯밤 늦게까지 식당에 손님들이 있던데.

"순두부 먹어. 뜨끈한 이 맛은 지금 아니면 못 봐."

한 바가지 가득 순두부를 담아 양동이에 부어 내 손에 들려주는데 늦잠을 자고 일어난 손이 너무 부끄러웠다.

"형부 참 대단해요. 피곤하실 텐데 어떻게 새벽에 일어나서 매일 두부를 만드세요?"

"죽지 않으려고 하는 거야."

아무렇지 않게 툭 던지는 한마디가 내 가슴에 파문을 일으켰다.

강원도 산골 방앗간 집 넷째 아들로 태어나 산골이 답답하고 일이 지겨워서 성년이 되자 선망하던 도시에 갔던 형부, 이런저런 일에 실패하자 고향으로 다시 돌아왔다. 갈 때는 혼자였지만 올 때는 아내와 어린 자식 삼 남매가 함께였다. 당장 맨손으로 할 수 있는 것은 방앗간 일과 두부 만드는 일뿐이었다. 명문 여상을 졸업하고 사무직으로 곱게 일하던 큰언니는 남의 밭에 가서 품을 팔아야 했다.

우리 집에서 보면 기가 막힌 일이었다. 농촌 총각이 장가가기 위해 도시로 위장 전입을 했던 것인가. 지금도 교통이 썩 여의치 않은 곳이니 30년 전에는 상상 초월의 오지였다. 헛간 같은 집에 살고 있는 언니 내외를 보러 갔다 오시면 어머니는 돌아앉아 가슴을 치셨다.

"손에 쥔 게 조금만 있으면 금방 뭐라도 될 거 같은데, 그게 안 되니까 미치는 거지."

기운 펄펄한 30대의 청년이었던 형부는 타는 속을 밤마다 술로 달랬다. 억울해서 산을 향해 소리 질렀다. 성당에 가서 하느님께 항의했다. 내가 뭘 잘못했냐고, 왜 내 기도를 무시하냐고, 다시는 안 온다고 등을 돌렸다. 언니는 더 힘들었고 우리는 그런 형부가 더 미웠다. 그렇게 그렇게 세월이 흘렀다.

쉰을 넘기면서부터였던 것 같다. 문득문득 인생의 피로감이 느껴졌다. 그러더니 2014년 봄, 피로에 완전히 절어 버렸다. 잘 달리던 마라토너가 잠깐 운동화 끈을 다시 매다가 페이스를 잃어버리는 것처럼, 작은딸아이의 장애 문제에 잠시 '올인'하는 사이 앞만 보고 달리던 내 페이스가 무너진 것이다.

앞에 놓인 코스가 아직도 한참이라는 사실을 알건만, 아니 아직도 한참이라는 사실에 나는 더 지쳐 버렸다. 전화도, 우편물도, 사람도, 다 부담스러웠다. 모든 것이 '올스톱' 되었고, 그저 나를 그냥 내버려둬 주었으면 좋겠다는 마음뿐이었다. 엄살을 떨자면 바늘 하나의 무게도 견디지 못할 정도로 아무런 힘도 남아 있지 않았다. 나는 여기저기 떠돌다 강원도 큰언니네로 흘러왔다.

"숙희야."

모처럼 내가 왔다고 주특기인 두부찌개를 끓여서 저녁상을 차린 형부가 밥 대신 소주를 따더니 한 병을 다 마실 무렵 내 이름을 불렀다. 형부는 술 한 잔이 들어가면 처제들을 이름으로 불렀다. 그러나 이번에는 무언가 다른 느낌이었다. 평소에는 처제 이름을 함부로 부른다고 남편을 타박하던 언니도 어쩐지 아무 말이 없었다.

"여기로 내려와. 우리랑 같이 살자. 언니랑 나도 외로운데 여기 와서 같이 살자."

형부는 내 대답을 기다리는데 내 입에서는 말이 나오지 않았다. 여기 와서 산다고? 휴가철에 놀러오는 곳으로만 생각했던 이곳에서? 상상해 본 적도 없는 일이었다. 형부가 이런 생각을 했다는 것 또한 상상 초월이었다. 생각해 보겠다는 말로 얼버무리고 일어섰다. 그러나 내 안 저 깊은 곳에서는 안도의 한숨이 쉬어졌다.

결정을 내리지 못한 채 속절없이 날짜는 가고 있었다. 단순하게 생각하자. 현실적인 문제들을 놓고 주판을 튀겨 봤자 내 계산법이 맞는다는 보장도 없으니 일단 머리를 비우면 답이 떠오르리라. 언니 집 앞에 떡 버티고 서 있는 산을 향해 앉았다. 애써 나무들을 바라보았다. 그러나 밤에는 내 머릿속이 산이 되고 잡념들이 나무가 되어 우뚝우뚝 늘어서 쉽게 잠들지 못했다.

형부가 툭 던진 그 말이 순두부를 먹는 내내 가슴속에 끝없이 동심원을 그려 나갔다.

"죽지 않으려고 하는 거야."

곱씹어 보니 인생의 답이 그 안에 있었다. 세상 사람 모두들 죽지 않으려고 뭔가를 하고 산다. 웃으면서 쉽게 하는 것 같아도 속을 들여다보면 살기 위해 엄청난 노력을 하고 있다. 그중에는 나보다 더 지치고 죽을 만큼 힘든 사람들도 분명 많을 것이다. 당장 내 앞의 형부도 그중 한 사람일 것이고.

형부는 어느새 비닐하우스에 들어가 곰취에 물을 주고 있었다. 호주머니 속 라디오에선 〈내 나이가 어때서〉란 트로트가 흘러나오고 있었다.

"형부, 내가 좀 도와 드릴까요?"

간만에 의욕적인 모습을 보이고 싶었다.

"놔두고 쉬어. 지금 이거 할 기분이 나겠어?"

어떻게 아셨지?

"내 마음이 편하고 좋아야 풀 한 포기도 사랑스럽고 새소리도 귀여운 거지. 내 마음이 안 편하면 그런 게 다 들어오질 않아. 앞산을 쳐다본다고 나무가 눈에 들어오는 게 아냐."

우와, 완전 족집게 도사.

"내가 그랬어. 그런데 죽을 것 같다가도 두부를 만들면 희망이 생겨. 이걸로 오늘 하루 벌어서 살면 된다."

형부에게 그날의 두부는 그날의 희망이었다. 그렇게 하루하루를 버텨 오늘까지 30년 희망을 이어온 것이었다. 그렇게 해서 울분에 쌓여 맨손에 돌을 쥔 30대 형부가 미소 띤 맷돌 촌두부 식당 아저씨, 산골 성당 공소회장으로 변모해 있었다.

하우스 앞에 쭈그리고 앉아 담배 한 대로 휴식을 취하며 형부가 내 대신 결론을 내렸다.

"그저 아무 생각하지 말고 여기서 쉬어. 쉬다가 쉬다가 보면 어느 날부턴가 힘이 생기고 기운이 나게 돼 있어."

"형부는 죽지 않으려고 매일 두부를 만들었다면서 나는 쉬기만 해요?"

"그렇지 뭐. 두부는 못 만드니까…."

"그래도…."

"그럼, 매일 두부를 먹어. 허허허."

형부는 군색한 답에 헛웃음을 지었지만 정말로 나는 형부의 두부를 먹으며 막막하던 하루하루를 살아 냈다. 그리고 형부가 구워 주고 끓여 주고 김치에 싸 주는 그 두부를 먹으며 하루하루 살아났다.

형부가 처음 말을 꺼냈던 그날, 안도의 한숨이 느껴지던 순간 결정은 이미 내려진 것인지 모른다. 그날 내 의지를 넘어 나를 안도시킨 힘은 분명 찌개 속의 두부였을 것이다. 죽지 않는 두부가 내 속에 들어가 안심시켰을 것이다.

"이리로 와, 여기서 다시 시작해."

오늘 아침, 형부는 다시 두부를 만들기 시작한다.

오늘의 희망이 또 만들어지고 있다.

희나에게 가는 길

　장애를 가진 딸 희나에게도 신의 한 수가 있다는 것을 알게 된 것은 나의 사소한 게으름에서 비롯되었다.

　그날 합정역에 도착했을 때 땡땡 소리가 나기 시작했다. 전철이 들어온다는 신호였다. 마음이 급해졌다. 지금 생각하면 다음 차를 타도 되었으련만 도시 생활의 경쟁 분위기에 습관적으로 휘둘리고 만 것이다. 조급함과 짝을 이루는 게 머피의 법칙, 서둘러 개폐기에 카드를 댔는데 하필 교통 카드가 그때 또 말을 듣지 않았다. 진작 교체를 했어야 했는데….

　기계와 실랑이를 하는 사이 희나는 승강장으로 먼저 내려갔다. 기계가 나를 통과시켰을 때는 이미 도착한 지하철에서 내린 승객들이 계단을 꽉 채우고 있었고, 그들을 헤치고 승강장에 내려갔을 때는 지하철은 저 멀리 꼬리를 보이며 사라지고 있었다. 텅 빈 승강장, 아이가 한눈에 들어와야 하는데 보이지 않았다.

승강장 저쪽 끝의 6호선 환승 통로까지 총알처럼 달려갔다. 아이가 없다. 미친 듯이 계단을 뛰어올라 지하철 수사대라고 쓰인 방을 열었을 땐 가슴은 쿵쾅대고 다리 힘은 빠지고 입술은 떨렸다.

"아이를 잃어버렸어요. 탔는지 안 탔는지 못 봤어요."

겨우 이 말을 하고는 심장이 터질 것 같아 말을 잇지 못했다.

CCTV는 경찰 입회하에만 볼 수 있다고 했다. 관할서에서 경찰관 두 명이 올 때까지 기다렸다. 화면이 켜졌다. 아이가 승강장에 도착하는 순간 차문이 열렸고 아이는 뒤도 돌아보지 않고 사람들의 흐름을 따라 지하철 안으로 들어갔고 문이 닫혔다. 곧 내가 보았던 장면, 지하철의 긴 꼬리가 아득히 나타났다.

다음 역인 당산역을 향해 경찰차를 탔다. 관할서가 바뀌지만 급박한 상황이라 자신들이 간다는 말과 함께 "아이를 반드시 찾아야죠"라고 다짐하는 경찰의 말에 고맙다는 말도 못할 정도로 정신이 없었다.

당산역 CCTV, 차문이 열리자 아이가 내렸다. 왜 내렸지? 차가 떠난 후 아이는 승강장의 자판기 쪽으로 걸어가 그 앞에서 어정거렸다. 다음 열차가 들어왔다. 문이 열리자마자 탔던 아이가 금방 내렸다. 그리곤 문이 닫히기 직전 갑자기 다시 탔다. 문이 닫혔고 또 다시 긴 꼬리.

"애가 내려서 엄마를 기다렸네. 다음 차에 엄마 있나 확인하고 없으니까 내렸다가 다시 탔구먼. 똑똑하네."

경찰의 설명에 그제야 상황을 판단한 나는 땅을 쳤다. 아이고! 내가 다음 차를 타고 따라왔으면 되는 건데. 아이는 장애, 무능력이라고 지레 접어놓고 있었던 것이다. 내 안에 장애에 대한 거대한 벽이 이렇게 버티고 있을 줄이야.

영등포구청역의 CCTV에서 아이는 또 다른 모습을 보여 주었다. 이번에는 하차하여 계단을 올라 출구를 향했다. 표가 없는 아이는 나가지 못하고(카드는 내가 가지고 있었다) 되돌아서 다시 계단을 향해 걸었다. 그리고 화면이 끊겼다. 공교롭게도 고장이었다.

수리팀이 오자면 한 시간이 족히 걸린다고 했다. 손 놓고 가만히 있을 수는 없으니 무조건 지하철을 타고 찾아 봐? 그 지하철이 어디쯤 있는지 확인해서 그걸 쫓아가서 타면? 아냐, 중간에 내린다면 그것도 소용없잖아.

나는 아무것도 못하고 있는 게 고통스러워 역무실 밖으로 나갔다. 제자리를 걷고 또 걷는데 큰딸애가 달려오는 게 보였다.

"엄마, 괜찮아?"

큰애는 침착했다.

"엄마, 찾을 수 있을 거야, 걱정하지 마."

곧이어 인근에 사는 후배 정희가 나타났다. 후배의 친구가 일단 영등포구청역 근처를 차로 돌고 있다고 했다. 큰애와 정희가 어떻게 알았지? 아, 내가 작은언니에게 전화했었지.

"언니, 내 머리가 정지되었어. 뭘 해야 할지 모르겠어."

언니는 멀리 충청도 땅에 앉아서 관제탑 역할을 하고 있었다. 잠시 후 친구 우윤이의 전화가 왔다. 실종신고통합센터에 접수시켰으니 연락이 오면 받으라는 것이었다.

"걱정 마세요. 시간이 문제이지 분명히 찾습니다."

전문가의 확신은 역시 힘이 있었다. 아이를 놓친 지 어느새 2시간이 다 되고 있었다. 수리팀은 오리무중이었으나 함께하는 사람들의 존재로 내 고통은 1/n이 되고 있었다.

조용히 눈을 감고 의자에 앉았다. 화면에서 본 아이, 나는 한 번도 아이를 그렇게 객관적으로 본 적이 없었다. 아니 볼 기회가 없었다. 아이는 당황하거나 놀란 기색이 없이 타고 내리고 걷고 있었다. 누가 봐도 장애가 아니었다.

그렇다고 해도 아이가 스스로 돌아올 수 있을까? 오늘밤까지도 못 찾는다면? 아이는 밤에 어떻게 될까? 만일 아이를 영영 못 찾는다면? 할머니인 우리 어머니, 내 딸을 나보다 더 사랑한 내 언니들과 조카들은 어쩌지? 아이는 잘 살아갈 수 있을까? 험하다 못해 잔인하기까지 한 세상 아닌가. 다시 마음이 걷잡을 수없이 동요하기 시작했다.

나는 심호흡을 했다. 시간은 계속 흘러갔다. 나는 눈을 감고 내 속으로 들어갔다. 99%의 걱정 속에 1%의 기대가 있었다. 나는 그걸 붙잡았다. 그걸 놓치면 아이의 인생을 송두리째 놓칠 것 같았다. 내가 잠시 보았던 아이의 잠재력을 질기게 붙잡았다.

눈을 뜬 것은 핸드폰 소리 때문이었다.

"신발이 핑크색 끈을 낀 운동화 맞습니까?"

경찰이었다.

"네."

"목동지구대로 오십시오."

자리에서 일어나 역무실을 나오는데 주위의 모든 것이 정지해 있었다. 역무원들도, 같이 걱정하며 있던 사람들도, 역사를 지나가는 사람들도 모두 정지된 것처럼 느껴졌다. 개폐기와 밖으로 나가는 계단, 몸은 익숙하게 그곳들을 지나고 있었지만 내가 하는 게 아니었다.

큰애와 택시를 탔다. 차가 신호등에 걸려도 조급하지 않았다. 큰 충격으로 현실감각이 마비된 것일까? 오목교역을 지날 즈음 핸드폰으로 문자가 왔다. 달랑 세 글자, 딸아이 이름, 발신자는 모르는 번

호였다. 이건 뭐지?

목동지구대에 도착한 순간 나는 뭔가에 홀린 기분이었다. 내가 아이와 지하철을 타고 오려 했던 최종 목적지, 내 친구네 아파트 바로 옆이 아닌가. 파출소에 들어가니 외삼촌과 외숙모가 먼저 도착하셔서 아이를 안심시키며 나를 기다리고 계셨다.

"어휴, 너….."

내내 침착하던 큰애가 제 동생을 보고는 달려가 와락 안으며 울음을 터뜨렸다.

"백화점에서 연락이 와서 가 보니 사진의 피신고자와 일치하여 연락드렸습니다. 자꾸 밖으로 나가려고 했는데 마침 어른들이 오셔서….."

지하철을 타기 20분 전, 미술 학원에서 그날 완성된 그림과 함께 찍은 인증샷, 습관적인 기록이 이렇게 큰 도움이 될 줄이야.

"신분증도, 연락처도 소지하고 있는 게 없더라고요. 이름을 물어봐도 말을 잘 안 하고. 그래서 핸드폰에 이름을 찍어 보라 해서 전송해 드린 겁니다."

낯선 번호는 경찰의 개인 핸드폰이었다.

확인서에 서명을 하고 나오니 쌩하니 차 한 대가 멈췄다. 조카 경민이었다. 언니의 연락을 받고 직장 일을 팽개치고 영등포역 부근을 돌아다니다가 온 것이었다. 아이는 마치 약속이라도 한 듯 천연덕스럽게 오빠 차에 올라탔다.

경찰서 옆 아파트의 친구가 아이의 가방을 가지고 왔다. 사실 화근은 이 가방이었다. 전날 이 집에 놀러 왔을 때 친구는 아이가 좋아하는 음식을 잔뜩 싸 주었고 먹을 것에 홀려 우리 모녀는 가방을 깜박했다. 신분증과 연락처는 그 안에 다 들어 있었다.

경민이는 우리만 내려놓고 돌아갔다. 할머니가 의심할 수 있다는 염려한 마음. 주말도 없이 바쁘기로 유명한 손자가 대낮에 우리 모녀를 태워다 줬다는 건 아무리 순진한 우리 어머니도 납득 불가한 일일 것이다.

"가방은 찾아왔냐?"

"네."

어머니는 지금까지도 모르신다. 내가 매우 담담했고, 아이는 말이 없고, 찾아온다던 가방은 가져왔으니 평소보다 서너 시간 늦은 귀가야 친구랑 수다 시간으로 계산하셨을 것이다.

밤에 잠자리에 누웠으나 잠이 쉬 오지 않았다. 3시간! 애를 태운 우여곡절이 있긴 했지만, 결과적으로 아이는 최종 목적지에 먼저 간 셈이 아닌가. 어떻게 이런 일이!

복기(復記).

다음 날 나는 아이를 데리고 어제 들렀던 지하철역들을 순회했다.

역무실과 지하철 수사대에 들러 아이와 함께 인사를 했다. 승강장에 서서 지하철을 기다리는데 옆에 서 있는 아이가 새삼스러웠다.

영등포구청역, 여기는 갈림길이다. 유추해 보면 아이는 전날 여기서 5호선으로 환승했다. 집으로 가는 5호선의 보라색은 색감에 매우 민감한 아이에게는 그리 어려운 선택이 아닐 터. 환승 통로를 지나 5호선을 타고 오목교역에 내려서부터 나는 아이를 앞세웠다.

척척 계단을 올라간 아이는 개폐기를 통과해 밖으로 나갔다. 교통카드는 내 손에 있는데? 아, 그곳엔 프리패스 통로가 하나 있었다. 역사를 빠져나가자마자 나타난 가두 판매점, 아이는 음료수 냉장고 앞에 멈춰 섰다.

"너, 또 왔구나."

냉장고 바로 옆에서 어떤 얼굴이 나타났다. 점주였다.

"얘, 아세요?"

"네, 어제 여기 와서 한참 냉장고를 들여다보고 있어서 기억해요."

엄마가 없으니까 냉장고 문을 열지는 않았구나. 음, 그래도 사회성이 전혀 없진 않네. 아이는 냉장고를 떠나 꽤 길게 직진해 걸어갔다. 아, 언어 치료실, 일주일에 두 번 오는 언어 치료실이 근처에 있었다.

아이는 횡단보도를 건너 언어 치료실이 있는 건물에 거의 근접했다. 그러나 치료실이 있는 건물로 꺾지 않고 큰길가에 섰다. 한참을 그렇게 서 있었다. 그러더니 오던 길로 되돌아가 한 카페 앞에 한참을 서 있었다. 카페 앞 횡단보도를 건너더니 이번엔 은행 앞에서 또 한참을 서 있는 게 아닌가.

왜 횡단보도를 사이에 두고 이쪽저쪽에서 한참을 서 있는 거지? 아, 택시구나! 그랬다. 콜택시를 부르면 횡단보도 앞 카페나 은행 앞으로 왔다. 제일 먼저 서 있던 곳도 택시를 탔던 적이 있는 곳이었다. 엄마와 택시를 탔던 곳이니까 엄마가 알고 이리로 나를 찾으러 오리라, 그렇게 계산한 모양이라는 생각이 일자 가슴이 먹먹해졌다.

아이는 엄마와 만나기 위해 머릿속의 정보를 샅샅이 동원하고 있었는데, 같은 순간 나는 아이를 못 찾으면 어떻게 될지 코가 빠지게 걱정만 하고 있었다니…. 한 걸음 뒤에서 아이를 따라 걸으며 나는 편안해졌다. 나는 다른 시선으로 아이를 보고 있었다.

'그래, 너에게도 네가 있구나.'

자동차 매장 쇼윈도, 분식집 앞, 즐비한 가게들 하나하나마다 그냥 지나치는 법이 없이 발길을 멈추고 한참 눈길을 주는 아이, 자상하기도 하지. 무심히 쑥 지나치는 사람들을 저 가게는 얼마나 섭섭해했을까. 쇼윈도의 상품들은 얼마나 외로웠을까. 이런 자상함과 호기심을 접고 그동안 엄마의 독촉에 밀려 발길을 재촉해야 했던 아이는 얼마나 재미없고 속상했을까.

오목교역 앞 가두 판매점으로 되돌아와 아이는 또 멈췄다. 왜 지하철역으로 안 내려가지? 백화점 주차장에서 신고가 되었으니 지하철역으로 내려가서 연결 통로를 따라 백화점으로 가야 계산이 맞는 건데, 아이는 역으로 들어갈 생각도 없어 보였다.

그때 자전거를 탄 우체부가 나타났다. 중년 여자였다. 아이를 보더니 알은체를 했다.

"맞죠? 어제 내가 보고 그러려니 했어요. 우리 동네에도 비슷한 장애가 있는 청년이 있어서 많이 봤거든요. 얼핏 보면 모르지만 주변에 좀 무심한 듯 무슨 생각에 빠진 듯 그렇게 걸어가거든요."

그이가 전날 아이를 보았다는 쪽으로 가 보았다. 백화점이 우뚝하니 길 건너에 나타났고 지하철역으로 내려가는 엘리베이터가 있었다. 그걸 타고 내려가니 백화점 지하 입구와 연결이 되어 있었다.

백화점으로 들어와 에스컬레이터 앞에 서는 순간 스쳐 가는 생각. 아! 그래, 가족들과 이 백화점에 몇 번 왔었지, 주차하고 올라와서 바로 이 에스컬레이터를 타고 푸드코트를 갔었어. 그렇다면 아이는 밖에서 백화점을 보았던 그때를 기억하고 우리 차를 세워 두었던 주차장으로 내려간 건가? 자주 온 것도 아니고, 그게 두 해쯤 전이었는데?

"나가려는 차마다 매달려서 '우리 집에 가요'라고 했어요. 위험해 보여서 보안실에 연락했죠."

결정적인 역할을 해 준 아르바이트 학생은 자그마한 체구에 차분한 청년이었다. 한여름의 지하 주차장은 후텁지근했다. 여기서 종일 일한다는, 우리 아이보다 어린 그 청년이 짠했다. 감사 인사를 하고 보안실로 갔다. 에어컨이 빵빵한 게 시원했다. 경찰에 연락했다는 보안 직원을 기다리는 동안 아이는 익숙한 듯 안쪽으로 들어가 의자에 앉더니 냉장고를 손가락으로 가리켰다. 내가 안 된다고 고개를 가로젓고 있는데, "주스 줄까?" 검은 양복의 건장한 남자가 나타났다.

"어제 정말 감사합니다. 혹시 아이가 냉장고를 열고 주스를 꺼내 먹었나요?"

"아뇨, 먹고 싶다고 해서 제가 꺼내 줬습니다. 먹으면 안 되는 거였습니까?"

"아뇨, 말로 하던가요?"

"글쎄요, 아무튼 먹고 싶다는 의사를 표현했던 건 분명합니다."

오호, 사회성 작렬!

"경찰차가 금방 왔어요. 엄마한테 가자 하니까 선선히 탔고요."

어제 파출소에서 자꾸 나가려고 했던 것은 빵빵한 에어컨도 없고 냉장고도 안 보이는 매력 없는 공간이라서 그랬을 것이 뻔했다. 아이를 감정적으로 통제하던 내가 아이의 감정을 이해하고 있었다.

우리가 애를 태운 3시간이 아이에게는 어쩌면 생애 처음으로 자유를 만끽한, '로마의 휴일' 못지않은 '오목교의 휴일'이었으리라. 내 눈에는 오드리 헵번만큼 예쁜 장드리 헵번이고.

"아이는 우리가 생각하는 것보다 더 많이 알고 있을 겁니다. 자기 속에 있는 것이 다 아웃풋이 안 될 뿐이지 인풋은 다 되고 있거든요."

특수교육 전문가가 내게 해 주었던 말이 떠올랐다. 희나에겐 아웃풋이 덜한 만큼 인풋이 더 많이 되고 있는 걸까.

고마운 사람들을 떠올리는 것으로 엔딩 크레딧을 삼으며 복기 드라마는 끝이 났다. TV가 아닌 촬영 현장에서 직접 본 드라마의 소감은, 별이 다섯 개!

"우리 딸에게도 자신의 삶을 끌어가는 신의 한 수가 있구나."

나는 아이를 잃어 봄으로써 딸에게도 신의 한 수가 있음을 알아챌 수 있었다. 그 신의 한 수는 장애를 가졌기 때문에, 이른바 정상을 상실함으로써 갖게 된 특별한 한 수일지도 모르겠다.

지금, 세상은 정상인 중심으로 돌아간다. 아이는 장애인으로 분류된다. 장애 중의 장애라는 자폐성 장애. 깜깜할 때가 한두 번이 아니다. 그러나 나는 그날의 드라마를 기억한다. 그러면 깜깜함은 밤이 아닌 새벽의 그것이 된다.

누구에게나 신의 한 수가 있다. 예외가 없다. 얼마나 멋진가.

길은 끊어진 곳에서
새로 시작된다

어머니는 항상 '차돌이 바람 들면 푸석돌만 못하다'고 하셨다. 건강을 과신하지 말라는 경계의 말씀이셨다. 그런데 어머니가 69세 되시던 그해, 그 말은 어머니 자신의 것이 되고 말았다.

1·4후퇴 때 피난 오신 이후, 감기 한 번 안 걸린 건강을 과신하신 어머니가 고혈압 약을 게을리 드시며 무리하시다가 뇌출혈을 만난 것이다. 다행히 표면적인 신체적 후유증 없이 한 달 만에 퇴원을 하셨지만 주부 현업을 떠나 돌봄을 받는 '환자'로 사시게 되었다.

3년쯤 지나자 어머니의 몸은 안정세를 회복했다. 그러나 '현장'을 떠나 있는 동안 어머니 마음의 근육은 다 풀어져 버리고 말았다. 혼자 있는 시간에 어머니는 요즘 애들 말대로 '멍 때리고' 있을 수밖에 없었다. 어릴 적 친구와 자매들은 이북에 많고, 몇 안 되는 월남한 친구와 자매는 멀찍이 떨어져 살고, 동네 경로당은 재미없고, 이웃에 마음 붙일 이도 없고, 자식과 손자손녀들은 하숙생이니 어머니는 섬이었다. 갈매기도 파도도 없는 진짜 외로운 섬이었다.

치매가 이러면서 오는 거구나 싶었다. 어떻게 해야 할까. 자타가 공인하는 살림꾼 어머니에게서 살림을 빼니 아무것도 남아 있지 않았다. 막막한 그때, 무대의 막이 걷히며 배우가 등장하듯 그림이 나타났다. 정말 한순간에 짠 하고 말이다.

가족은 물론이고 어머니 자신도 몰랐던 신의 한 수는 존재를 드러내자마자 초고속으로 성장했다. 밑그림의 구도는 그렸다 지웠다 할 것도 없이 거의 단번에 잡혔고, 오묘한 하늘빛과 물빛, 살아 있는 듯 부드러운 꽃과 나무들, 허술해 보이는 듯하지만 움직임이 느껴지는 선, 캔버스의 하얀 바탕이 채워지는 것을 옆에서 보노라면 '세상에' 소리가 절로 나왔다.

그림을 만난 이후 어머니의 삶은 달라지기 시작했다.

우선 하루하루가 즐거워졌다. 집 떠나 있는 사람들을 기다리고 그들이 돌아오면 하루가 마감되는 '타자지향적' 삶이 아니라 내가 하고 싶은 것을 하면서 하루가 채워지는 '자아지향적' 삶은 어머니의 얼굴에 흡족한 미소를 가져왔다. 혼자 몰두할 수 있는 일, 아니 혼자

여야 더 잘되는 자신만의 일은 심리적인 독립을 가져다주었다.

집에 돌아왔을 때 캔버스 앞에 앉으셔서 고개도 돌리지 않고 "왔
냐?" 하시는 어머니는, 자식만 보면 "밥은?" 하며 자동으로 부엌을
향하던 종전의 어머니보다 더 마음 편했다. "어디 아픈 데는 없으시
죠?"라고 습관적으로 묻고 지나치던 우리도 "오늘은 뭐 그리셨어
요?" 하며 캔버스가 뚫어져라 들여다보았다.

어떤 날은 도무지 그림이 마음에 들게 안 된다 하시면 우리는 좋
다고 너스레를 떨었다(진짜로 우리 눈에는 아주 좋았다). 그래도 어머
니는 고개를 저으시며 "쯧쯧" 불만을 표하시고, 우리는 "우리 어머
니가 완벽을 추구하는 진정한 예술가가 되셨다"고 치켜세웠다.

또 어떤 날은 신발도 다 벗기 전에 어머니가 "이거 좀 와서 봐라,
어떠냐?" 하신다. 그럴 때는 우리 반응과 상관없이 어머니 얼굴에
풍년을 맞은 농부의 흐뭇한 피로가 번졌다. 창작과 예술의 기쁨이
이런 거구나 깨닫는 순간이다.

어머니의 그림 덕에 가족간에 대화도 풍년이 들었다. 매일 달라지
는 그림 앞에서는 매일 다른 말들이 나왔고, 같은 그림에 대해서도
느낌이 제각각이니 말이 많아질 수밖에 없었다. 멀리 떨어져 사는
큰언니도 전화를 걸어 "엄마는 요즘 무슨 그림을 그리시냐"고 물었
다. 친척들도 그림 소재가 될 만한 사진이나 풍광 좋은 달력을 보면
이것도 한 번 그려 보시라고 가져왔다. 손자손녀들은 유명한 화가의

전시회가 열리면 할머니를 모시고 갔다.

"할머니가 그림 해설가 바로 앞에 서서 얼마나 열심히 들으시는지, 우리 할머니 정말 멋있어요."

어머니는 귀가 어두운지 잘 안 들려서 좀 앞에서 들은 것뿐이라고 하시지만 관심이 없으면 안 들려도 그만 아닌가. 우리가 아이들에게 "사실, 할머니가 젊어서 시작하셨으면 그런 화가들을 능가했을지도 몰라"라고 말하면 아이들은 "맞아요, 맞아"라며 분위기를 띄운다. 그러면 어머니는 "아이구 야야, 소가 웃겠다" 하셨다. 그러나 웃는 소는 안 보여도 웃는 어머니는 보였다.

한 달에 한 번, 화구를 사러 가는 화방 나들이도 신선하다. 혈압약을 타기 위해 정기적으로 병원에 가는 것이 '인생의 허무'를 느끼게 하는 것이라면 필요한 화구를 찾아가는 길은 신발 끈을 새롭게 매는 일이었다. 결혼식이나 이런저런 잔치가 의무 방어라면, 화방 출입은 어머니를 위한 어머니에 의한 어머니의 나들이, 영혼의 외출이었다.

화방에서 "아주 가는 붓 있어요? 얼굴에 눈, 코, 입 그리는 데 쓸 거예요"라고 말하는 어머니는 시장에서 채소를 살 때와는 전혀 다른 목소리, 진지함 그 자체이다. "할머니가 쓰실 거예요?"라는 물음에 "네, 호호호" 입을 가리고 웃으시는 어머니. 그 모습은 할머니도 아니고 아주머니도 아니다. 수줍은 소녀 그 자체이다.

그림은 드디어 어머니를 세상과 소통하도록 이끌었다. 팔순 잔치 삼아 열게 된 그림전을 시작으로 여기저기서 요청이 들어오면서 총 네 번의 전시회를 했다. 어머니는 부끄럽다고 마다하셨지만 어찌어찌하다 보면 전시회를 하고 있었다.

아는 사람, 모르는 사람들이 전시회에 와서 그림을 보고는 전시장 한편에 가게 주인처럼 앉아 있는 어머니와 이야기를 나눴다. 전시 기간 열흘 동안 어머니가 만난 사람의 수는 그 전 10년 동안 만난 사람보다 많았다. 아침마다 '그림 점방'으로 출근하시는 어머니는 피곤을 모르셨다. 재미 앞에 피로는 설 자리가 없었다.

두 번째 전시회 때부터는 그림을 팔았다. 첫 전시회 때는 사고 싶어 하는 사람이 있어도 팔지 않았다. '유물'이 될 것 같아서였다. 그후 그림을 보면 가까이 두고 보고 싶다는 사람들이 생겨났다. 어머니는 그냥 주라고 하셨다.

"내가 또 그리면 되잖아."

자신감이 생겨나신 것 같았다. 세상과의 소통은 결국 자신의 존재 의미를 스스로 확인하는 일이었다. 수익금은 5개의 시민 단체에 기부되었다. 마침 새 정부가 들어서면서 복지 분야의 지원이 확 끊기고 그 여파로 개미 후원자들까지 줄어들어 어렵던 차에 그림 할머니의 기부는 금액의 고하를 떠나 큰 응원이 되었다. 기부 받은 단체에서 인터뷰를 오고 기념식이나 후원 행사에 어머니를 모셔 갔다. 어머니는 서서히 가족을 넘어 사회의 일원이 되어 가셨다.

더 반가운 것은 그림 벗들이었다. 전시를 보고 자극을 받았다고 했던 다양한 연령층의 미술가들이 잊지 않고 자신들의 전시회 초대장을 보내왔다.

"이 사람들도 부지런히 그리고 있었구나."

보이지 않게 어디에선가 꾸준히 그림을 그리는 동지들이 있다는 것만으로도 어머니는 우정과 연대감을 느끼셨다. '한숙자 화백님 귀하'라고 쓰인 우편물이 용궁의 거북이처럼 우리 집 문턱을 넘어 들어올 때마다 어머니의 의식은 담장을 넘어 세상으로 한발 한발 나아갔다.

서귀포로 이사 온 다음, 사람들이 우리 집에 마실 와서 어머니 그림을 보는 일이 종종 있다. 명상을 오래 하신 어떤 여자분은 하늘색과 초록색 물 위에 떠 있는 하얀 연꽃 그림을 하염없이 바라보다가 마침내 눈물을 글썽이기까지 했다.

"내가 그리나요, 손이 저절로 그려요."

"그림을 그리시는 동안 명상 상태가 되시는군요."

어머니 그림에 대한 중평은 '따뜻하고 편안하다'는 것이다. 10년 전쯤 어머니가 의동생에게 그림을 선물하신다기에 액자를 맞추러 갔었다. 서울 인사동에서 오랫동안 표구 일을 하셨다는 지긋한 나이의 주인은 그림을 보자마자 물었다.

"누가 그렸습니까?"

75세 되신 우리 어머니라 하자 그분은 고개를 끄덕였다.

"어쩐지. 그림에 아무 욕심이 들어 있지 않아요. 그래서 아주 편안해요."

그 말의 의미를 구체적으로 알게 된 것은 81세 때 그림전에서였다. 20대로 보이는 젊은 여성이 와서 그림을 보더니 벽에 종이를 대고 뭔가를 열심히 쓰고 있었다. 가고 난 다음 방명록을 보니 이렇게 쓰여 있었다.

"할머니 그림을 보니 제가 그동안 그림에 너무 많은 것을 담으려고 했네요. 그게 욕심 때문이라는 것을 깨달았어요. 이제 슬럼프에서 벗어날 수 있을 거 같아요. 용기를 주셔서 감사합니다."

사람들은 그림을 보고 기분이 좋아지고 어머니는 그 사람들을 에너지로 삼아 새 그림을 그리시니 어머니의 신의 한 수는 나눌수록 더 커져나갔다.

69세 때 뇌출혈이 없었다면 지금 어머니 삶은 어땠을까? 다른 것은 몰라도 그림을 만나지 못했을 것이고, 어머니는 자신 속의 신의한 수로 세상과 소통하는 행복을 누리지 못하셨을 것이다. 신의 한수를 뇌출혈 덕분에 만나다니! 가던 길이 갑자기 뚝 끊어진, 두렵고막막한 그 순간 새 길이 시작되다니!

인생의 묘미는 정녕 반전에 있는 것일까?

책 보면 머리 아픈 약손

그날 나는 아프다는 신음 소리 대신 마음속으로 반성문을 쓰고 또 썼다. 얼마나 몸을 혹사시켰으면 그의 손이 닿는 족족 '악' 소리가 나게 아픈 것인가.

"처음 보았을 때 몸이 많이 아픈 사람인 거 알았어요. 자꾸 마음이 쓰였어요. 내가 한번 만져 주고 싶다. 그래서 연락을 할까 하다가 참 았어요. 인연이 닿으면 언젠가 오겠지."

그의 목소리는 여유가 있었다. 돌처럼 굳은 나의 근육들을 풀어내 느라 지칠 만도 한데. 게다가 인연이 닿길 기다렸다? 이 또한 상당 한 여유가 아닌가. 나보다 열 살은 어려 뵈는데….

"수고하셨습니다."

내 몸을 덮고 있던 타월을 거두면서 씩 웃는다.

"아이고, 내가 아니라 원장님이 수고하셨지요."

4시간 가까이 논스톱으로 나의 몸을 풀어내느라 애쓴 그에게 '수고'라는 인사말은 모자라도 한참 모자라는 것이었다.

"아니죠."

그가 안경 너머 눈을 동그랗게 뜨면서 정색을 했다.

"받는 사람이 수고한 거죠. 나는 뭉친 것과 싸우는 데 익숙한 사람이지만 받는 사람은 아픈 것을 참고 견뎌야 하니까 더 수고한 거예요."

나는 얼른 인사말을 바꾸었다.

"그렇다면, 고맙습니다."

그런데 그가 또 맞받는다.

"저도 고맙습니다. 저를 믿고 견뎌 주셔서."

돈을 벌게 해 줘서가 아니라 믿어 줘서 고맙다? 어허, 이 친구 뇌속이 궁금하네. 마사지를 받으면서 농담도 할 만큼 몸이 풀렸을 무렵, 그가 말했다.

"이제부터 선생님 말고 언니라고 해도 될까요? 전에는 여자들을 위해 좋은 일을 하는 분이라고 해서 존경하는 마음이었는데, 이제는 내가 좀 돌봐 줘야겠다는 마음이 들어요."

앗싸, 나는 '동생'을 덥석 물었다.

나는 오래된 건강염려증 환자였다. 창조한 병명도 여럿인데 여섯 살 때 작품은 '피가 가려운 병'이었다. 언니들은 어이없다고 비웃었지만 어디라고 딱 꼬집을 수 없게 여기도 가렵고 저기도 가려우니 이건 흘러 다니는 피가 가려운 게 틀림없었다.

뇌가 곪는 병도 있었다. 기억이 날듯 날듯 하면서 안 나는 것이 그것이었다. 이런 나에게 어머니는 아프다고 생각하면 더 아픈 법이라고 하셨지만 다행히도 나는 해독제를 품고 있었으니, 그건 내가 아프면 분명 고쳐 줄 수 있는 사람이나 방법을 만나게 될 거라는 확신이었다.

그가 처음 사람의 몸을 만진 것은 숯가마 찜질방에서였다. 서른을 갓 넘어 출산 후유증을 다스리기 위해 간 그곳에는 아파 보이는 여자들이 많이 있었다. 그중에 한 여자, 너무 힘들어 보이는 아주머니가 있었다. 중풍 환자였다. 옆에 앉아 그의 몸을 조금씩 주물러 주었다.

"아프다 못해 고통스러워하는 그 사람을 보니 나도 모르게 그냥 몸을 좀 만져 주고 싶었어요. 그래야 내 마음이 좀 편할 거 같았거든요."

그의 순수한 마음이 효과가 있었던 것일까. 한참 만에 다시 그 찜질방에 갔더니 그이가 반색을 하며 손을 잡았다.

"병원은 물론이고 여기저기 다녔어도 감각이 없다가 내가 만져 준 다음에 자극을 느낄 수 있게 되었다고 하는데 제가 더 얼떨떨하더라고요. 계속 나한테 몸을 만져 줄 수 없냐고 부탁을 하는데 내가 마사지를 직업으로 하는 사람이 아니고 집도 너무 멀어서…."

그는 내내 그 여자가 마음에 걸렸다. 그 여자뿐이 아니었다. 자기 눈에 띈 아픈 사람들, 만져 주고 싶었지만 스쳐 지나친 사람들이 마음에 남아 있었다. 특히 노인들을 보면 안타까웠다. 삶을 헤쳐 오느라 뼈가 굳고 근육이 뭉쳤으니 얼마나 힘들고 아프실까. 집안 어르신들이 제사나 잔치가 있어서 모일 때, 발도 주물러 드리고 어깨도 주물러 드리면 다들 좋아했다. 그의 마음도 편했다. 해 드리고 싶은 만큼 해 드리고 나면 마음도 개운하고 몸도 가벼웠다.

그러나 남편이 싫어했다. 남의 몸을 만지는 일은 힘을 빼는 일이며 나쁜 기운도 옮아올 수 있기 때문에 위험하다는 것이었다. 남편 역시 사람 몸을 좀 만질 줄 아는 사람이었기 때문에 남편의 말을 따랐다.

그가 마사지의 길에 들어선 계기는 남편의 돌연사였다. 갑자기 생계를 책임져야 하는 막막한 상황, 그때 마사지가 생각났다. 그는 어린아이들을 맡겨 놓고 본격적으로 마사지를 배우러 타지로 떠났다.

그의 손끝은 내시경 같았다. 몸에 가만히 손을 대고 있다가 살살

파고 들어가면 어딘가에 닿았다.

"얘네들이 집을 지은 지가 오래되었네요. 느껴지시죠? 이런 게 풀어 버려야 할 덩어리들이에요."

그의 손끝에서 불퉁거리는 살도 아니고 뼈도 아닌 질긴 힘줄 같은 덩어리들. 내 몸속의 것을 타인의 손으로 느끼게 되다니.

그는 말수가 적었다. 그런데 마사지를 하면서 가끔 혼잣말을 하곤 했다.

"얘들아, 이제 그만 가라. 내가 니들보다 세거든. 그리고 이 몸의 주인은 너희들이 아냐. 착하지, 이제 그만 풀어져."

한번은 내가 물었다.

"얘들아? 그게 누구지?"

그는 픽 웃음을 터뜨리며 손을 뗐다.

"웃기면 마사지 못해요."

웃기려고 한 게 아니라 진짜 궁금했다.

"나도 몰라요. 그냥 내 입에서 나오는 말이에요. 얘들은 안 흩어지려 하고, 나는 풀어 버리려 하고. 얘들하고 싸우다 보면 그냥 하게 되는 말이에요."

언젠가 어떤 고승으로부터 들은 말이 생각났다.

"현대병의 원인을 모두 스트레스라고 하는데 스트레스가 뭐냐? 이걸 고칠 수 있는 길이 뭐냐? 부정적인 감정, 즉 짜증, 분노, 원망,

미움, 이런 것들이 마음에 생길 때 몸에서는 독소가 나오고, 기 순환이 방해를 받아 몸에 노폐물이 쌓입니다. 그래서 자비심을 갖는 것이 신체 건강에 직결됩니다."

스트레스는 누른다는 뜻, 마음에 눌림이 있으면 몸에도 눌림이 생겨 병으로 나타나는 것이로구나. 마음과 몸이 이렇게 동시 패션이니 몸이 아프다는 것은 그만큼 내 마음에 눌림이 많았다는 것 아닌가. 그럼 나한테도 화병이란 게 있을까?

"화병이 어디 있는지 알려 드려요?"

"있어?"

그가 내 가슴 중앙을 누르는 순간 나는 악 소리를 질렀다.

"에헤, 이 정도 압에 소리 지르면 쌓여도 많이 쌓인 거네."

정말? 나는 남편도 없고, 시댁 스트레스도 없고, 프리랜서이니 조직 스트레스도 없고, 비교적 할 말 다하고 사는 편이라 화병은 없을 줄 알았는데.

"남자든 여자든 여기 눌러서 안 아픈 사람은 천 명에 한 명도 안 돼요. 사는 일이 다 그렇잖아요."

"그럼 당신도 거기 누르면 아파?"

"아프죠."

적이 위로가 되었다. 망해도 누군가와 함께 망하면 위로가 되는 법. 더구나 마사지의 달인과 함께라니.

"우린 아프면 바로바로 푸니까 쌓이지는 않죠."

셀프로?

"혼자도 하고 마사지를 받기도 하고, 일 끝난 후 맥주 한잔하면서 싹 풀죠, 하하하."

"그럼, 오늘 마치고 맥주 한잔?"

"좋죠!"

그의 화법은 단순 명료해서 대화가 유쾌했다. 웬만하면 단답이고 가부가 분명했다.

"그런데 술 드실 줄 아세요?"

맥주잔이 넘치도록 술을 따라 주면서 그가 말했다.

"이제부터 마시려고. 마사지보다 술로 푸는 게 덜 아프잖아."

하하하. 그가 화통하게 웃는다. 이 작은 체구에서 어떻게 지칠 줄 모르는 힘이 나오는지. 게다가 밥도 하루에 한두 끼밖에 안 먹는다면서.

"손님이 없는 날은 밥을 못 먹어요."

당연히 그렇겠지. 밥이라는 게 원래 돈의 또 다른 말이니까.

"그게 아니라 힘을 쓰지 않은 날은 밥이 안 먹혀요. 그럴 때 밥을 먹으면 답답하고 힘들어요."

오호, 타고난 절전형 파워 에너지 인간!

술은 역시 좋은 것이었다. 단답형의 그의 입에서 주관식 답변이

술술 나왔다.

"우리 아버지가 고등학교 2학년이 되어서야 대학에 안 보낼 거라는 말을 하셨어요. 에이, 진작 말했으면 실업반으로 갔을 건데. 그때부터 공부 안 하고 학교 옥상에 올라가 누웠어요. 하늘의 구름을 보면서 저걸 사진으로 찍으면 어떨까 생각하며 시간을 보냈어요."

그가 손가락으로 카메라 모양을 만들어 눈에 댔다.

"근데 저는 머리가 나쁜가 봐요. 책만 보면 머리가 아파요. 사람들 이름도 기억 못하고 얼굴도 잘 기억 못해요. 몸을 만져 봐야 왔던 사람인지 아닌지 알아요. 몸을 만지다 보면 그때 이 사람이 어디가 아팠는지, 이 사람이 여길 만질 때 무슨 말을 했는지까지 다 기억나요. 기억하고 있어서가 아니라 만지면 그게 저절로 다 떠올라요."

아, 몸을 읽는다?

"참 이상한 건 사람들이 마사지를 받으면서 자기네 가족 이야기, 살아온 이야기, 집안 이야기, 친구 이야기 별말을 다 해요."

솔직히 마사지가 고문 비슷하다고 생각했었다. 이렇게 아픈 것을 돈 주고 와서 당하고 있다니.

"마사지가 고문인 건 맞네. 술술 불잖아."

"어, 그러네요. 심하게 뭉친 사람들은 마사지 받으면서 울어요. 그러면 정말 내 마음도 아파요."

웃자고 한 말인데 그는 진지하게 받았다.

그와 이야기를 하면서 몸과 마음이 둘이 아니라는 말이 실감났다. 마음의 감정이 몸에 어떤 현상을 일으키니, 몸의 현상을 다루다 보면 역으로 그때의 감정이 복원되는 것이 아닐까. 몸의 A라는 뭉침을 풀 때는 그걸 만들어 냈던 감정과 그런 감정을 일으킨 기억이 저절로 떠오르는 식으로. B라는 뭉침에는 가족의 기억이, C라는 뭉침에는 친구와 있었던 일이 떠오르면서 뭉친 근육이 풀릴 때 거기 맺혀 있던 자신의 감정과 기억이 토해져 나오는 것일 게다. 그럼 이건 몸이 하는 수다? 마사지가 정신까지 건강하게 하는 살풀이, 한풀이?

"아, 언니가 이렇게 말해 주니까 내가 뭐 대단한 거 같네요. 그런 건 난 모르겠고요. 그냥 마사지 받고 사람들이 좋아졌다고 하면 그게 제일 행복해요. 내가 누군가에게 도움을 줄 수 있다는 그 맛에 이 일을 하는 거고요."

그가 최선을 다한다는 것은 내 몸이 알았다. 피까지 가려웠던 그 길었던 건강염려증의 끝이 보였다. 건강염려증, 그것도 따지고 보면 생각의 병이었다. 책만 보면 머리 아픈 그의 손으로 치유를 받으면서 나는 내가 너무 생각이 많다는, 아니 생각만 많다는 자각이 들기 시작했다.

그는 뭐든 말보다 몸이 먼저 나갔다. 내 작업실에 왔을 때, 마당에 들어서자마자 풀을 베었다. 그리곤 때에 찌든 문을 떼서 호스로 쫙쫙 물을 부어 가며 닦아 냈다. 나는 그 문을 뗐다가 다시 다는 게 번

거로워 깨작깨작 걸레질만 하고 있었는데. 그의 손은 부지런했다.

마사지를 마치고 나면 이불 만한 큰 타월에 시트까지 쏟아지는 빨랫감에, 뒷정리, 바닥 청소, 그는 숨도 돌리지 않고 움직였다. 손가락 하나 까딱 않고 누워만 있었던 나도 지쳤는데….

"안 힘들어?"

"힘들지 않아요. 오히려 힘을 쓰면 쓸수록 힘이 나요. 비워야 채워지죠."

엉? 이건 대단한 선문답인걸. 그런데 그 다음이 더 선문답이다.

"아무래도 나는 우리 엄마가 이 일을 나한테 시키는 것 같아요."

그의 어머니는 무학이었다. 체구부터 장군 스타일이었던 엄마는 집안을 일으켰고 동네 약손으로 통해서 사람들이 아프면 만져 달라고 찾아오곤 했다.

"어느 날 엄마가 길에서 침통을 주웠어요. 침을 배운 적이 없는데 그 침으로 집에 찾아온 사람들을 치료를 해 줬어요. 그 침을 쥐면 이상하게 손이 저절로 움직여서 그렇게 한다고 했어요, 다른 침으로는 아무것도 못했어요."

그의 어머니 역시 타고난 치유사였다. 그런데 그의 아버지가 싫어했다. 부잣집의 몰락한 아들인 아버지는 사람의 몸을 만지는 것은 천한 일이라 여겼다. 아버지는 어머니의 능력을 무시했고 비과학적이라고 깎아내렸다. 어머니는 가정의 평화를 위해 남편을 거스르지 않고 침묵 속에 살았다. 쓰이지 못하던 침통은 언제인지 모르게 그 집에서 사라져 버렸다. 그리고 그의 어머니는 갑작스럽게 돌아가시고 말았다.

힘이 비워야 채워진다는 그 말은 어머니를 통해 배운 것. 그가 일하지 않으면 답답해서 밥을 먹어도 소화가 되지 않듯이, 그의 어머니도 비우지 못해 고인 물이 썩어 돌아가신 것일지 모른다. 그 어머니는 못 다 핀 꽃 한 송이를 딸을 통해 피우려 하신 것일까.

정녕 그가 가진 신의 한 수는 손이 아니다. 진정한 그의 한 수는 사랑이다. 치유의 힘은 손 기술과는 다른 것이다.

"여자들이 많이 아파요. 자기 몸을 돌보지 않는 게 안타까워요. 자기 몸을 스스로 만져 주기만 해도 많이 좋아지는데. 여자들한테 그런걸 가르쳐 주고 싶어요."

"그래, 그게 여성학이야. 여성학 공부 좀 해 볼래?"

"책 보면 머리 아프다니까요."

"참, 그랬지."

하긴. 그는 몸을 사랑하는 길, 몸으로 사랑을 표현하는 방법을 책보다 더 분명하게 보여 주었다.

자기 몸을 사랑하는 것, 누군가를 몸으로 사랑한다는 것은 책으로 배울 수 있는 게 아니다. 나를 전혀 알지도 못하면서 내가 아파 보이는 순간 나를 만져 주고 싶었다는, 생각할 틈도 없이 즉시 사랑해 버리는 그는 이미 책을 초월해 있었다.

"뭉친 데를 풀 때, 손님이 누구 때문에 스트레스 받아서 이렇게 되었다고 남 탓을 하면 잘 안 풀려요. 그런데 자기 잘못이라고 인정하면 풀기가 쉽더라고요."

그래서 그는 아무도 원망하지 않는다.

"책만 보면 머리 아픈데 손 쓰는 일은 신나는 걸로 봐서 그게 내 운명이었던 거 같아요. 부모 탓이 아닌 거죠."

그러나 세상 사는 동안 섭섭한 사람이 왜 없으랴.

"내 인생에서 가장 힘들었을 때가 아이들만 두고 육지로 취업 훈련 갔을 때였어요. 초등학교 3학년과 4학년, 애들 둘만 놓고 가야 해서 주변 사람들에게 이삼 일에 한 번만 집에 와서 애들 밥 좀 해 주라고 부탁하고 갔어요. 그런데 그 한 달 동안 친정, 시집, 내가 믿었던 친구, 그중 누구 하나도 와 보지 않았어요. 나는 조카들도 내 자식같이 대했고, 친구 조부모님 장례에도 사흘을 다 가서 도왔는데…. 하루는 집에 전화를 하니 애들이 비가 너무 많이 와서 신발이 다 젖었다는 거예요. 당장 집으로 달려가고 싶은 마음이…."

씩씩해만 뵈던 그의 눈물 앞에서 내 눈물이 먼저 떨어졌다.

"그때 정말 배신감이란 걸 느꼈어요. 아, 사람들이 받는 것은 당연하게 여기고 받은 만큼도 갚을 줄 모르는구나, 알게 되었죠."

그럼에도 그는 여전히 섭섭하게 했던 사람들에게 기본 도리를 다하고 산다.

"나로서는 섭섭해도 세상은 계속 흘러가야 되는 거니까요. 그리고 그렇게 흘러가는 게 세상이니까요. 물 흐르듯이 산다는 말을 나는 그렇게 이해하고 살아요."

그 집 아이들, 유머러스하고 인정 많고 자립적이고, 아주 잘 컸다. 그들이 서로에게 보이는 애정 표현과 신뢰와 지지는 얼마나 단단한지 보고 있으면 절로 마음이 따뜻해진다.

"힘도 쓰고 나면 채워지고, 마음도 사랑도 비우면 채워지잖아요. 물이 언제나 수평이 되듯이."

비울 줄 아는 사람에게는 채워지게 마련. 그에게는 그가 기대하지 않았던 사람들의 사랑이 흘러들어 온다. 세상은 흘러가는 거니까.

사랑은 오늘도 그의 손을 타고 흐른다. 그렇게 세상에 사랑이 흘러간다.

세 번의 말대답

그때 나는 울고 있었다.

"그만 뚝 그쳐."

큰고모의 다그치는 소리가 들렸지만 나는 계속 울었다. 마침내 화살은 엄마를 향했다.

"쟤 좀 그만 울게 못하나? 여자애가 울면 재수가 없단 말이야."

일손을 멈춘 엄마가 나를 향해 오는 게 보였다. 이제 그만, 엄마의 얼굴을 봐서 울음을 멈춰야지, 일곱 살이었지만 눈치는 있었다. 그런데 웬걸 울음이 딱 멈춰지지 않았다. 오래 운 가락이 남아서 수돗물을 잠근 후에 똑똑 물방울이 떨어지듯 '흑', '흑', '흑' 단절음이 간

헐적으로 이어졌다.

"뚝."

엄마의 말에 입을 더 꼭 다물었다. 그러나 단절음은 질겼다.

"저거 봐라!"

고모가 비아냥대는 소리가 들렸다. 억울했다. 나는 이미 뚝인데 울음이 뚝이지 않은 걸 어쩌랴.

"울음이 혼자 나오는 걸 어떻게 해요!"

코흘리개의 항변에 큰고모는 또 어머니를 물고 늘어졌다.

"자네는 저 딸 시집보내고 사돈집에 사흘마다 불려가야 할 걸세."

그러나 엄마는 빙그레 웃으셨다. 나는 엄마의 마음을 분명히 보았다.

'그래, 널랑은 하고 싶은 말 다하고 살아라.'

중학교 3학년, 무더운 날이었다. 교내 배구 시합에 져서 더 무덥게 느껴진 날이었다. 하루 종일 보이지 않던 담임선생님이 다른 반은 종례를 마치고 돌아갈 무렵에야 나타나셨다. 실망한 아이들의 얼굴은 안중에 없고 배구에서 진 것만 탓하는 선생님. 우리는 억울했다.

선생님의 한마디 한마디가 피스톤이 되어 억울함의 기운이 교실을 빵빵하게 채우고 터질 것 같은 순간, 병마개가 슝 하고 튀어 나가

듯, 용수철이 통 하고 튀어 오르듯 나는 자리에서 벌떡 일어났다.

"우리가 배구할 때 선생님은 어디 계셨어요? 다른 반 선생님들은 곁에서 응원하고 같이…."

얼굴에 후끈한 화기가 느껴졌다. 말에 열중하느라 선생님이 내 앞에 다가오는 것도, 내 뺨을 연달아 후려치는 것도 몰랐다. 말은 선생님의 연타 속에서도 멎지 않았다.

"폭력 쓰지 마세요!"

나 말고 다른 용수철이 또 있었다. 선생님은 바람처럼 소리가 나는 쪽으로 이동해서 연타를 날렸고, 그것은 또 다른 용수철을 일으켜세웠다. 결국 화가 난 선생님이 교실문을 쾅 소리가 나게 닫고 나간 것으로 그날의 종례는 끝이 났다.

졸업식날 밤이었다. 아버지께서 술이 거나해서 나를 부르셨다.

"너희 담임선생님이 졸업식 마치고 내게 죄송하다고 하더라. 너를 심하게 때렸다고. 들은 바 없다고 했더니 놀라더라. 왜 때렸는지만 물었다. 잘했다."

아버지는 늘 내게 억울함을 말할 때는 울지 말고 침착해야 한다 하셨다. 담임선생님은 내가 눈물 한 방울 안 흘리더니, 집에도 말하지 않은 걸 알고 이렇게 말씀하셨단다.

"얘는 여자애가 아니에요."

1975년, 인천은 그해부터 고등학교 입시가 무시험 컴퓨터 배정으로 바뀌었다. 컴퓨터는 나를 군인 출신이 군대식으로 운영하는 사립학교에 입학시켰다. 학교 재단은 유치원, 초등학교, 네 곳의 중·고등학교, 전문대학까지 그야말로 학생을 폭풍 흡입하는 문어발 공룡이었다.

학교 복합체라는 의미에서 '학원'이라 불렸으나 실상은 사설 학원 수준이었다. 교권이 없었다. 이사장의 비위에 안 맞으면 그날로 책상이 없어졌다. 대체 인력은 서울의 사설 학원 강사로 추정되는 사람들. 입학하고 한 달쯤 지날 무렵 영어 교사만 3번 바뀌었다. 학생들의 항의에 늙은 교장 선생님은 '공자가 교사 자격증을 가지고 제자들을 가르쳤다는 말은 못 들었노라'고 우리를 꾸짖었다.

그러나 내가 가장 참을 수 없는 것은 다른 데 있었다. 수업 시간 내내 앞치마와 머릿수건을 두르게 하는 것이었다. 교무실에 들어갈 때 문을 열자마자 그 안에 대고 "몇 학년 몇 반 아무개, ○○선생님께 용무 있어 왔습니다"라고 떠나갈 듯 소리를 지르게 하는 것이야 교무실에 안 가면 그만이지만 앞치마는 도리가 없었다.

앞치마는 전교생의 '행주산성'이었다. 돌 나르기, 시간표에도 없는 이 과목이 매일 필수과목으로 자리 잡고 있었다. 교문도 없이 무조건 건물만 지어 학생을 받아 놓고 채 자라지도 않은 학생들의 손으로 그 허허벌판 황무지 땅을 다듬을 요량이었다. 남자애들은 더 힘든 일을 한다는 말도 들렸다.

이사장도 직접 포크레인을 몰고 일한다는 것으로 합리화될 수는 없는 일이었다. 그가 자기 재산을 불리는 일에, 돈 주고도 못 살 우리의 귀한 시간과 힘을 이렇게 맥없이 갖다 바쳐야 하나? 수업료까지 꼬박꼬박 내면서? 억울했다. 어디다 대고 말할 데도 없어서 더 억울했다.

그날, 수업이 끝나자마자 나는 앞치마와 머릿수건을 벗어서 가방에 넣었다. 굳이 이유를 찾는다면 종례를 마치자마자 바로 가방을 들고 집에 빨리 가기 위한 준비, 그 정도였다.

"거기, 왜 앞치마와 머릿수건 안 했나?"

"수업이 끝나서 벗었습니다."

"종례도 수업의 연장이야, 앞으로 나와!"

긴장하는 아이들, 교실을 죄어 오는 압력. 종례가 늘어지면 전철을 놓치는데…. 나는 선생님의 "나와"라는 말을 납득하지 못했다. 대답을 안 했다면 "나와"가 되겠지만 내 나름의 이유를 분명히 답했다. 그리고 종례도 수업임을 이제야 알게 되었으니 다음에 안 지켰을 때 "나와"가 돼야 하는 거 아닌가.

"뭐가 불만이야?"

더욱 죄어지는 교실, 공포 분위기. 그러나 더 두려운 건 친구들의 원망.

"쟤 때문에… 안 그래도 짜증나는데… 집에는 언제 가냐고….”

우리는 한발 더 다가온 입시 압박에 서서히 각개격파 당하고 있었다. 빨리 끝내자.

"불만 없습니다. 저 때문에 친구들이 늦어지니 저만 남아서….”

"꼬박꼬박 말대답을 하고. 집에서 부모님이 그렇게 가르쳤나?”

가슴이 답답해지더니 뻐근한 통증이 올라왔다. 뭔가 역류하고 있었다. 창밖으로 전철이 지나가는 게 보였다. 놓쳤구나. 억울함이 치올랐다. 불만거리가 한두 가지인 줄 아세요, 그래도 꾹 참고 있는데 왜 이런 공포 분위기를 강요하시는 거예요, 이 학교를 내가 택했나요? 원치 않는 곳에서 원치 않는 상황에 놓여 있는 억울함 그리고 여기서 벗어날 수 없다는 억울함, 모든 게 억울했다.

이제 다음 전철은 30분 남았다. 이왕 이리 된 것, 나는 본격적인 말대답에 나섰다.

"제 부모님은 이렇게 강압적으로 하지 않으십니다. 제 의견을 존중해 주십니다. 그리고 제 잘못은 저에게만 말씀하세요. 저희 부모님은 훌륭한 분입니다.”

선생님이 막대기로 교탁을 쾅쾅 치며 화를 내는 동안 나는 칠판 옆의 시간표에 시선을 박고 유체이탈을 해 버렸다. 다음 전철이 오기 전에만 끝나길… 제발.

그로부터 한 달 뒤 우리 집은 서울로 이사했고 다시 한 달 뒤 나는 자퇴했다. 평준화가 되었건만 전학은 안 된다고 해서였다.

"이 학교에 더 다니고 싶지 않아요."

부모님은 내 의견을 존중하셨다. 그리하여 내 안에서 말은 죽지 않고 살아갈 수 있게 되었다. 그래서 여자들의 억울함을 두려움 없이 말할 수 있게 되었다. 그리고 그것이 나의 직업이 되었다.

영화 들려주는 아이

공 굴리면 신이 났지.

흰 분칠에 빨간 코로 사랑 노래 불렀었지.

〈곡예사의 첫사랑〉이라는 노래이다. 나는 말을 하면 신이 났다. 내 말을 들으며 사람들이 즐거워하면 신이 나서 힘든 줄도 시간 가는 줄도 모르고 이야기했다. 나의 주특기는 구술 재상영. 내가 본 영화나 드라마를 못 본 사람들에게 전해 주는 것이었다.

어려서부터 나는 중국 정통무술영화가 좋았다. 아홉 살 때 가장 재미있게 본 영화는 〈용문의 결투〉. 주인공의 순진한 오빠가 친절을 가장한 자객의 독잔을 받으려는 그때 무술 고수인 여동생이 그걸 막아 내는 장면은 우리 집 앞 골목에서 몇 번을 재연했는지 모른다. 요청이 있을 때마다, 관객이 한 명이어도 재상영 필름을 돌렸다.

TV가 없던 시절, 영화관에서 영화를 보는 것도 흔하지 않던 때부터 나는 부모님을 따라 영화관을 자주 다닌 덕에 다양한 레퍼토리로 말 무대를 많이 가질 수 있었다.

구술 재상영의 하이라이트는 〈소림사 18동인〉 4부작이었다. 고등학교 2학년 때 선생님 한 분이 큰 수술로 한 달을 결근하시게 되었다. 일주일에 한 번 들어 있는 과목이라 네 번의 공강, 그 시간을 자습으로 때워야 했다. 절대 시끄럽게 떠들면 안 되니 한 명이 대표로 떠들자는 전략 아래 내가 총대를 메게 되었다.

그 무렵 가장 감명 깊게 본 영화 〈소림사 18동인〉의 구술 재상영은 순항하여 드디어 4회차 마지막 날. 3회까지 우여곡절을 겪은 주인공에게 누가 동지이고 누가 적인지 옥석이 드러나는 바로 그 엔딩이 우리를 기다리고 있었다.

수업 종이 울리고 마지막 곶감을 꼬치에서 막 빼려는 순간, 드르륵 교실문이 열리면서 등장하시는 저분은? 수술 경과가 좋아 앞당겨 퇴원하신 선생님, 무조건 반길 수 없는 이 운명의 장난, 친구들은 아우성이었다.

그동안 이야기를 들으며 저마다 나름의 기준과 감으로 적과 동지를 갈라놓고 있었으니 이번에는 단순한 영화 돌려 듣기가 아니었다. 시험의 답안을 맞춰 보는, 아니 지금껏 쌓은 자신의 사람 보는 눈을 테스트하는 매우 심각한 '수업'이었다.

결국 선생님은 타협안을 내셨다. 반땡! 25분! 그래도 그 시절 선생님들에게는 콩밭에 가 있는 아이들의 마음을 헤아려 줄 여유가 있었다. 평소의 절반인 25분 안에 마쳐야 한다는 압박감, 선생님의 존재, 긴장이 안 될 수 없었으나 일단 말이 나가자 '신빨'이 오르기 시작했다.

가랑잎 굴러가는 것만 봐도 까르르 터지는 18세 소녀들의 집단 리액션은 정말 대단했다. 목소리가 복도로 넘쳐서는 절대 안 되는 오디오 등화관제의 상황에서 표정과 몸짓으로만 나타내는 그들의 리액션, 그건 일종의 퍼포먼스였다. 오그라들고, 펴지고, 웃고, 탄식하는 그들의 공연을 보면서 나는 말의 심연에 빠져들었다.

내 입이 움직이고 있었으나 말은 내가 하는 것이 아니었다. 말하고 있는 나를 보고 있는 내가 따로 있었다. 서 있는 나와 앉아 있는 친구들 모두를 공중에서 내려다보고 있는 또 다른 나.

무아지경, 말의 스크루에 휘말려 함께 돌아가는 공감의 황홀경은 충만했다. 하나의 스토리를 따라 우리는 같이 산을 넘고 함께 노를 저었다. 말하는 사람과 듣는 사람의 구별 없이 말을 타고 어느새 약속한 25분을 넘어 수업 시간 50분을 홀랑 다 까먹도록 모험의 세계를 달리고 달렸다.

50분간 우리는 막막한 입시생이 아니었다. 선악을 가르며 선을 향해 달리는 풍운아들이었다. 50분간 내 옆의 친구는 경쟁자가 아니었다. 풍운의 길을 함께 달려가는 공감의 동지였다. 우리는 저마다 〈소림사 18동인〉의 주인공이었고, 성적 등수와 상관없이 자기 안에서 유일한 주인공이었다.

그때부터 나의 운명은 '말하기'였다. 나의 신탁은 '사람들에게 말을 해 주는 자'였음이 서서히 드러나고 있었다.

나는 말무당이다

"맞벌이 찬반 토론이래. 맞벌이 찬성이잖아? 한 번 나가 주라, 여자들을 위한 일이잖아."

나는 겁도 없이 단박에 TV 출연을 오케이 했다. 그래, 맞벌이를 하느라 이중으로 고생하는 여자들, 그 힘듦과 고단함을 사람들에게 알려야 한다! 그러나 방송을 마치고 온 날 밤 나는 자려고 누웠다가 그만 오뚝이가 되고 말았다.

'아, 이 말을 꼭 했어야 했는데 갑자기 시간이 다 되었다고, 안녕히 계십시오라니!'

다 못한 말들이 밤새 입안에 가득하여 잠이 오지 않았다.

출연 섭외가 또 왔을 때 덥석 물었다. 이번엔 내 차례를 줄 때까지 기다리지 않았다. 상대 토론자의 말이 끝나면 바로 반론을 제기했다. 그런데 이게 토론의 묘미였다. 진행자라는 냉각기를 통과할 틈 없이 바로 맞불을 놓으니 토론에 불이 붙은 것이었다.

그렇게 〈집중토론 여성〉 출연 네 번, 이 프로그램은 곧 토크쇼 〈생방송! 여성〉으로 진화했고 1990년 나는 토론자에서 진행자로 바뀌어 있었다. 주제에 맞는 사례자가 나와 여성으로 사는 삶의 현장을 말한다. 억울하고 힘들어도 세상에 꺼내 놓고 말할 데 없었던 사람들, 그 속에 갇혀 뜨겁게 달궈져 있던 말들은 입 밖으로 나오는 순간 그대로 불이 되었다.

그것은 들불이었다. 나는 그 불이 꺼지지 않도록 부채질을 했다. 가슴이 떨린다고 방송 전에 청심환을 삼키는 그들에게 "나를 동네 아줌마라고 생각하고 나만 보고 이야기하면 돼요"라고 마음을 다독여 주는 것이 나의 역할이었다.

예상하지 못한 갑작스런 이혼. "저거 봐라, 여자들이 자기 주장하면 사랑받지 못한다, 가정이 깨진다." 내가 이 들불에 물을 뿌리게 될까 봐 겁이 나 서둘러 자진 하차했다. 부장님도 담당 피디도 다 괜찮다 했지만 그땐 그것이 내 도리라 생각했다. 서른네 살, 자기주장보다 순응이 더 고수임을 알기에는 모자란 나이였다.

이혼을 했거나 하려는 사람들이 상담을 청해 왔다. 성폭력의 피해

자들이 찾아왔다. 인간사의 억울함에 접속되면 나는 목소리가 떨리고 온몸이 와들거렸다. 그건 접신 같았다. 어느새 나는 상담 소장이 되어 있었다. 그리고 선생 같은 강연자에서 배우 같은 공연자가 되어 갔다.

몸뻬에 앞치마, 발에는 슬리퍼, 손에는 핑크 고무장갑, 빗자루질을 하며 무대로 나간다.

"나도 한때는 잘나가는 끝내주는 여자였지. 그런데 결혼하고 나니까 만날 밥이야. 애들도 남편도 내 얼굴 보면 밥 타령, 해 놓으면 제대로 먹지도 않으면서, 젠장. 그래 나는 밥이다. 근데 니들이 밥을 알아? 농자천하지대본이라고들 하지, 근데 쌀이 저절로 밥 되는 거 아니잖아. 창고에 쌀이 열 섬이면 뭐해, 코앞에 밥 한 그릇이 힘이지. 그러니 밥 하는 자, 밥자가 천하지근본 아니겠어요?"

와아아 공감의 함성과 박수 속에 나는 고무장갑 낀 손을 우아하게 흔들며 퇴장한다. 2000년부터 〈수다 콘서트 - 밥통, 소통, 신통〉으로 7년간 전국을 돌아다녔다.

가끔은 우리 집이 공연장이었다. 토요일 저녁 8시에서 일요일 아침 6시까지, 식구들 저녁밥 먹이고 나와서 아침밥 먹기 전까지 10시간, 밤을 끼고 있어 1박의 효과를 낼 수 있는 여자들의 오롯한 자유시간, 매달 두 번째 토요일에 모인다고 해서 이토제, 우리 집 황토방에 20여 명의 여자들이 모였다.

"내가 왜 지금 남편이랑 결혼했을까 생각해 보면 도피였던 거 같아요. 그때 친정집이 좀… 아버지가… 그래서…."

자기 인생을 가감 없이 엑스레이처럼 투시하는 사람들, 서로가 서로의 거울이며 모두가 모두의 상담자였다. 황토방은 수다가 사람을 살리는 마음의 찜질방이었다.

그러던 내가 잠시 말을 끊어야 했던 시간이 있었다. 장애를 가진 자식은 엄마가 '올인'할 때 좋아진다는 세상의 말, 둘째 아이가 스무 살이 넘자 나는 마지막으로 그 말을 믿어 보기로 했다. 그래, 진짜 그게 길이라면 아무런 미련 없이 남은 생을 엄마 노릇을 하며 살겠다고 아이와 둘이 낯선 생활을 시작했다. 하지만 끝이 없었다.

"네가 아무리 이름을 얻으면 뭐하니, 자식이 병신인데."

"이름 없이 사는 여자들, 그 집 애들 다 니 애보다 나아."

"일한다고 아이는 뒷전, 말재주는 있어도 엄마로서는 빵점이네."

주변의 비아냥, 내가 증발되고 엄마가 들어앉은 자리에서 죄책감과 열등감이 솟아났다. 계급장 떼고 엄마, 그 힘든 시간이 반년쯤 지났을 무렵 전화 한 통이 걸려 왔다.

"갱년기 여성들을 위한 신나는 토크쇼를 준비하고 있어요. 요즘 일 쉬신다는 얘기는 들었지만 이건 딱 선생님 콘셉트예요."

올인의 올가미에 갇혀 말을 잃은 나에게 하늘에서 내려온 구원의 목소리였다.

"갱년기 콘서트를 시작합니다."

헤드셋 마이크를 귀에 걸고 나를 부르는 박수 소리를 따라 사람들을 향해 나아갔다.

"제가 오다가 이 마이크를 전철역에 놓고 올 뻔했어요. 약장사가 약 팔러 가면서 마이크를 놓고 오다니 제 정신입니까?"

내 입에서 이 말부터 나갈 줄은 나도 몰랐다.

"나도 인제 다 됐나 보다, 왕년엔 총명탕 없어도 한 총기했는데…. 이럴 때 서글퍼지죠?"

"네."

벌써 이슬이 맺히는 사람들이 있다.

"그런데 지금 당장 우리 머릿속에서 자식 생각만 빼 봅시다. 그러면 금방 총명해져!"

'맞아 맞아' 박수치며 여자들이 빵 터졌다. 그 웃음소리에 지하철에서 정신줄을 놓았던 구질구질한 내가 한 방에 날아갔다.

"생각을 바꾸자고요. 갱년기가 뭐겠어요? 고칠 갱, 해 년, 고치는 해예요. 지금까지 살아왔던 것 중에서 고칠 것은 고쳐서 새롭게 살기를 준비하는 기간, 지금까지 의무로 살았다면 재미로 살아야 할 때, 자식 생각 고쳐서 내 생각하고 살 때, 그러니까 슬퍼할 때가 아니라 신나게 살아야 할 때, 제 말이 맞다고 생각하시는 분!"

만국기처럼 손들이 펄럭거렸다. 나도 두 손을 높이 들고 흔들었다. 사람들과 만나 말을 하노라면 지치는 게 아니라 기운이 나곤 했었다. 청중들의 호응이 좋으면 시간을 넘치기가 일쑤였고 가슴속의 말들이 다 나오고 나면 일상의 자질구레한 걱정들이 날아갔다. 내 삶의 무게도 한결 가볍게 느껴지면서 자신감이 생겼다.

말을 잃은 것은 결국 나를 잃은 것이었다. 갱년기 콘서트는 정지된 내 인생 심장에 가해진 쇼크였다. 그 쇼크로 다시 뛰기 시작한 심장이 내게 말했다.

"송충이는 솔잎을 먹어야 살고 나는 말을 먹어야 산다. 말을 먹고 살아야, 그래야 엄마로도 살 수 있다. 그래, 내가 살아야 자식도 산다."

지나고 보면 말이었다, 말. 나는 말하기 위해서 태어난 존재였다. 아프면 아프다고, 기쁘면 기쁘다고, 억울하면 억울하다고, 신나면 신난다고 말하기 위해 세상에 온 것이다. 그래서 말할 자유를 보장하는 부모에게 태어났고 나에게 말하기 재능을 키워 주는 은인들을 만났던 것이다. 인생의 고비마다 나는 말을 참지 않았고 그 말 덕에 낭떠러지에서 떨어져도 새로운 땅에 발디딜 수 있었다.

난데없이 창문을 뚫고 돌처럼 날아온 이혼의 아픔을 겪으면서도, 나는 결혼으로 고통 받는 여자들을 상담했고 이혼으로 상처 받은 여자들을 위로했다. '한부모'라는 이름을 만들어 낼 수 있었던 건 아이들을 위한 신의 선물이었다. 그 속에서 내 딸들도 구김 없이 자랄 수 있었다.

딸아이의 장애. 이혼은 내가 당사자였지만 장애는 내가 당사자가 아니었다. 그러나 차라리 당사자이고픈 아픔이며 괴로움이었다. 이혼이 차가운 땅이었다면 장애는 물컹한 진흙땅이었다. 언 땅은 발을 굴러 녹일 수 있지만 진흙땅은 발목을 잡았다. 속도를 낼 수도 없고 서둘러 가려 하면 할수록 힘들어지는 땅 아닌 땅.

그러나 20년 세월은 내게 깊게 걷는 법을 가르쳤다. 깊게 걷는 그 길을 따라 사람들의 마음 깊은 곳에 들어갈 수 있었다. 너무 아파서 깊이 묻어 둔 상처, 나의 말은 거기 대고 '호' 하고 불어 주는 작은 바람이었다.

돌아보면 지금까지 내가 해 온 일은 '말무당'이었고, 여성학과 여성운동은 '현대판 굿'이었다. 팔자소관이니 참고 살아라가 아니라 내 팔자는 내가 만든다는 해법을 주는 과학적인 굿이었다. 나의 말은 사람들을 태우고 달리는 것이었다. 그들을 태우고 바람같이 달려 속 시원한 세상에 데려다주는 것이 나의 사명이었다. 그 타고난 본분을 다하는 동안에만 나는 신명나게 살 수 있었다.

사람에게는 딱 그것을 해야만 행복하도록 타고난 무언가가 있다. 그것이 신의 한 수이다. 자기가 타고난 것, 그 한 수로 자아를 실현하고 보람을 느끼며 사는 것이 행복한 인생의 비밀임을 나는 어둡고 긴 터널을 지나서야 비로소 깨달았다.

3장

답은 내 안에

골동품 태권도장
콜 사범님

"혹시 태권도장 다닐 마음 있어?"

저녁밥을 먹으려는데 난데없이 형부가 묻는다. 어디든 가서 아이와 시간을 보내야 하는데 마다할 이유가 어디 있으랴. 거기다 도시에서는 오라고 하는 데가 없어 못 갔던 태권도장 아닌가.

"6시 반까지 오라니까 빨리 밥 먹고 가 보자."

서둘러 밥을 먹고 차에 탔다. 형부는 방앗간 작업복 차림으로 빠르게 차를 몰았다. 이 동네의 유명 관광지인 꼴두바위 끝까지 다 간 곳에 널빤지로 지어진 집, 나무들이 검게 변색된 탓인지 어째 살짝 귀곡산장 같다. 들어가니 완전 귀곡산장 맞네.

교실 두 개를 터놓은 것만큼 넓은 공간에 사방을 빈틈없이 빼곡히 채우고 있는 저 오래된 물건들. 지게, 다듬잇돌, 미싱 대가리, 다이얼식 전화기, 흑백 TV는 기본이요, 1964 숫자가 선명한 사진들, 지금은 노인 역을 하는 탤런트의 청춘 시절 브로마이드, 까까머리 남학생 책가방 그리고 괘종시계, 탁상시계, 손목시계, 뻐꾸기시계 등 수십 개의 시계까지 온갖 추억이 서린 물건들이 즐비하다. 고개를 치켜드니 유리 선반에 빨간 꽃무늬 보온 밥통과 사기 요강이 나란히 놓여 있다.

사범님은 청소기를 돌리던 일손을 멈추지 않고 우리를 맞이했다. 큰 키에 어깨가 각이 진 데다 얼굴마저 사각형에 가까워 만화영화 주인공 같았다. 낯설고 넓은 공간에 들어선 아이는 벌써부터 눈이 휘둥그레져 불안해했다. 나는 아이에 대해 뭔가 설명해야 한다는 강박을 느꼈다. 어디서나 그랬으니까. 그리고 그렇게 해 주길 상대방은 항상 바랐으니까.

"저, 관장님⋯."

사각의 사범님은 나를 쓱 보더니 한 손을 들어 멈추라는 신호와 동시에 입을 열었다.

"여기서는 사범이라고 부르더래요."

오호, 오리지널 강원도 사투리.

"네, 사범님, 제가 미리 말씀드릴 게⋯."

사범님은 다시 한 손을 들어 내 말을 막고는 씩 웃으며 말했다.

"릴랙스."

그는 손을 천천히 내렸다. 마치 부풀어 오른 솜이불을 누르는 듯한 그의 손짓에 따라 내 목구멍까지 올라왔던 말들이 조용히 내려갔다.

청소기가 윙윙 돌아가는 동안 아이들이 하나씩 왔다. 여덟 살, 아홉 살, 열한 살 고만고만한 어린애들 대여섯 명에 중학교 1학년이 최고참. 신기하게도 레게 머리를 한 젊은 아프리카 여자도 한 명 있었다. 남아프리카 공화국에서 온 시골 마을 원어민 영어 선생님이었다.

청소기의 소음이 끊어지자 드디어 딸의 특이한 액션과 목소리가 넓은 공간을 채우기 시작했다. 내 신경줄이 팽팽하게 당겨졌다. 그러나 사범님도 아이들도 아프리카 여성도 아무런 반응이 없다. 이들의 무반응을 어떻게 받아들여야 할지 몰라 혼란스러운데 갑자기 최신 댄스곡이 쏟아져 나오면서 사범님의 구령이 떨어졌다.

"걷습니다. 멋지게, 당당하게, 폼나게, 자신 있게."

절도 있게 팔을 흔들고 절도 있게 코너를 도는 것만 빼면 이건 패션모델 워킹 연습이었다. 태권도장에서 이건 무슨 상황? 그런데 갑자기 큰 손이 내 팔을 낚아채더니 아이들 속으로 밀어 넣는 게 아닌가. 아이들의 진로에 방해가 안 되려면 무조건 똑같이 걸을 수밖에.

"제가 배우러 온 게 아니라…."

나는 컨베이어 벨트 위에 놓인 물건처럼 그 흐름 속에서 빠져나오지 못했다. 걸어가면서 발차기, 제기차기, 캉캉춤 추기 등 에어로빅과 스포츠 댄스와 국민 체조가 섞인 독창적인 비빔밥 태권도는 잠시도 쉴 틈 없이 이어졌다. 앞에 선 어린애들의 날렵하고 유연한 동작을 따라가느라 쩔쩔매다 보니 어느새 한 시간을 다 채우고 말았다. 내 몸에서는 오랜 만에 땀과 열이 나고 있었다.

그 한 시간 동안 나는 아이를 잊었다. 같은 공간에 있으면서 아이를 잊고 나에게 몰두하다니! 이건 기적이었다. 아이가 넓은 체육관을 활보하는 것을 봐도 신경이 자극되지 않았다.

다음 날 전입신고를 하러 읍사무소에 갔더니 사범님이 앉아 계셨다. 나를 보고 자리에서 일어나 거수경례로 "태권" 인사를 하신다. 알고 보니 사범님은 민원 담당 공무원이었다.

시골 읍사무소는 한적했다. 전입신고를 마치고 뭔가 이야기를 좀 더 해야 할 거 같았다. 어제 보았다시피 아이에게 장애가 있는데 방해가 되지 않겠느냐, 내가 배우려는 것은 아니다, 이 말은 꼭 해야 했다. 갑자기 그가 다시 손을 들었다.

"어머님, 릴~랙~스."

그는 내 입에서 나오려는 말들을 다시 가라앉혔다.

"이렇게 여기 오셨으면 저한테 차 한 잔 대접할 기회도 주고 그러셔야지. 커피? 녹차?"

"그러시면 그냥 물 한 잔 주세요."

"맹물? 콜."

그러나 그가 가져온 것은 산수유차였다.

"뭐 이런저런 걱정을 그래 많이 하고 사세요. 아무 생각 마시고 저녁마다 나오세요. 못 나오는 날은 핸드폰으로 문자 주는 센스, 콜?"

너무도 단순 명료한 태도에 더 말을 못하고 일어섰다. 어린애들 앞에서 굳은 몸으로 경로당 액션을 선보일 생각을 하니 난감했지만 사범님의 "콜?" 하던 그 천진한 표정에 웃음이 나왔다.

콜은 사범님의 전매특허였다.

"사범님, 저 발차기 10번 더 하고 가겠습니다."

"콜."

그렇게 하라는 답이다.

"사범님, 저 내일 못 옵니다. 집안 행사가 있어서 서울 갑니다."

"콜."

알았다는 뜻이다.

"사범님, 쟤네 둘이 저를 안 시켜 줍니다."

"아니에요. 우리 둘이 먼저 하고 있는데 와서 못 시켜 준 겁니다."

"콜."

이 한 마디에 아이들이 입을 닫고 돌아선다.

콜 하나로 이렇게 많은 의사소통을 하고 살 수 있다니.

"우리는 뭘 복잡하게 상황을 정리해서 말하기가 힘들어요. 그래서 쉽게 한 마디로 콜, 하하하 콜?"

그의 콜이 내 귀에 '아시겠어요?'로 저절로 번역되어 들린다. 태권도장 다닌 지 일주일 만에.

콜 사범의 전매특허 2호는 '사자성어'이다. 그가 펼쳐 보이는 업무 수첩의 여백에는 네 글자로 된 한글이 빼곡하다. 가끔 맞춤법이 살짝 비껴 나간 글씨도 보인다.

"오늘은 앞 마니 차기 하겠습니다. 따라하십시오. 앞 마니 차기."

"앞 마니 차기."

"몸에 힘이 있어야 많이 찰 수 있습니다. 술 담배 커피는 몸에 나쁩니다. 과유불급, 지나치면 모자란 것만 못합니다. 밥도 많이 먹으면 독이 됩니다. 따라합니다. 과유불급."

"과유불급."

축구광 병진이가 갑자기 손을 번쩍 들더니 큰 소리로 말한다.

"사범님, 저는 태권도를 할 수 있을 때까지 하려고 합니다. 그래서 술 담배 커피 절대 안 할 겁니다."

"아. 좋습니다. 그런데 공부도 잘해야 합니다. 운동만 하면 단순해서 무식해집니다. 문무겸비, 따라하십시오."

"문무겸비."

"겸비가 뭔지 압니까? 두 가지를 다 갖춘다는 겁니다. 따라하십시오, 겸비."

"겸비."

태권도를 배우는 도장이 어느새 서당이 된다. 산골 후배들에게 뭐 하나라도 더 가르쳐 주고 싶어서다. 그러다 보니 말이 어디로 튈지 모르는 것이 콜 사범의 세 번째 전매특허.

"우리가 운동을 할 때는 모델이 있어야 합니다. 나도 어릴 때 우리 사범님이 말씀하시는 거 잘 듣고 외웠습니다. 나도 사범이 되면 저렇게 해야지. 그래서 고대로 하는 겁니다. 우리 사범님이 돈 안 받고 가르치셔서 나도 여러분에게 돈 안 받는 겁니다. 그 대신 커서 꼭 1억씩 갚으십시오. 이런 말은 물에 새기면 안 되고 뼈에 새겨야 합니다. 원수는 물에 새기고 은인은 돌에 새기라고 했습니다. 섭섭한 친구 있으면 그 이름은 꼭 물에 새기십시오."

모델로 시작한 말이 난데없이 원수로 끝난다.

"지금은 무슨 말인지 몰라도 나중에 크면 다 기억납니다."

여덟 살 지원이가 번쩍 손을 들더니 소리친다.

"아닙니다. 지금도 기억할 수 있습니다."

"우와, 우리 지원이, 일취월장. 따라하십시오, 일취월장."

"일취월장."

살뜰한 콜 사범님, 이번에는 원어민 선생님에게 일취월장의 뜻을 번역해 주신다.

"투모로우 굿, 투모로우 굿. 안다스탠?"

레게 머리 선생님이 웃으면서 고개를 끄덕이자 사범님이 소리친다.

"콜."

완벽한 커뮤니케이션!

"쉬워요. 그냥 툭 차면 돼요. 자, 보세요. 툭, 툭 이런 맥락입니다."

사범님은 정말 쉽게 발차기를 하는데 내 발은 왜 이런가.

"힘 빼세요. 더 빼세요."

급기야 사범님이 힘을 빼라고 내 발을 붙잡고 흔든다.

"됐어요. 이 상태에서 그냥, 툭! 거 봐, 되잖아요."

내가 이렇게 힘주고 살았나.

"손바닥을 뒤집어 보세요. 자, 얼마나 쉽습니까? 힘을 빼고 손목을 이용해서 뒤집습니다. 이게 태권도의 기본 원리입니다. 주먹을 쥐거나 손가락을 붙여서 하는 자세도 다 같은 원리입니다. 힘을 빼야 쉽게 뒤집을 수 있습니다. 따라합니다. 여반장."

"여반장."

학동들이 복창하는 동안 우리 사범님 다시 내 앞으로 오신다. 다른 애들은 정말 여반장으로 하는 걸 나만 여전히 경직되어 있으니 답답하다 못해 안타까운 모양이다.

"어머니, 릴~랙~스, 제발. 남들이 보면 되게 어려운 거 하는 줄 알겠어요. 하하하."

사범님은 웃는데 나는 울고 싶다. 힘 빼는 게 이렇게 어려울 줄이야.

"자, 운동할 때는 운동만 합니다. 머릿속에 딴 생각하고 있으면 자기도 모르게 힘이 들어갑니다. 힘 빼고 발차기 쫙 하면 학교에서 받은 스트레스 다 풀립니다. 알겠습니까?"

아하, 머릿속에 생각이 가득 차서 힘이 빠지지 않는 거였구나.

"운동은 몸으로 하는 겁니다. 머리로 이해했다고 몸이 따라 주지는 않습니다."

머리가 알고 있으면 몸으로도 된다는 착각, 내 발이 안 올라가고 내 팔이 돌아가질 않는 이유였다.

"천천히, 천천히 합니다. 높게 찰 필요 절대 없어요. 낮게 합니다, 낮게. 대신 정확하게 합니다. 남들 눈에 멋지게 폼 잡으려고 운동하는 거 아닙니다. 자신을 위해서 한 번을 해도 정확하게 하는 게 중요합니다."

정확하게 하는 이유가 자신을 위해서구나.

"남들의 멋진 폼은 안 보이게 혼자 수천 번 수만 번 연습해서 나온 것입니다."

콜 사범이 그냥 툭툭 내던지는 말들은 줄줄이 명언이었다. 이젠 어느 곳에서도 쉽게 들을 수 없는 골동품 명언. 대부분의 사람들이 옛것으로만 치부하지만 그 깊은 의미는 여전한 골동품 말이다. 그러나 콜 사범의 진짜 골동품 명언은 따로 있다. 이른바 종례 시간에 장대비처럼 쏟아지는 말씀.

자, 그럼 콜 사범님의 종례 말씀을 들어 보자.

"세수한 물로 꼭 발 씻습니다. 엉덩이 꼭 씻어야 뾰루 안 납니다. 일기는 꼭 씁니다. 많이 쓸 거 없습니다. 꼭 한 줄 쓰면 됩니다. 그리고 일찍 자면 안 됩니다. TV를 보는 것보다는 책 읽다가 잡니다. 태권도 하면서 뭔가 달라지고 열심히 하는 모습을 보여야 부모님이 도장에 보내 줍니다. 그리고 병진이(파마했네), 머리에 돈 쓰지 말고 저금하십시오. 겉치레에 신경 쓰는 건 안 좋습니다. 지원이(변함없어 뵈는데 왜지?), 손톱에 웬 때가 이렇게 많습니까. 다 지우십시오(아하, 매니큐어). 물 아껴 쓰고, 전기 아껴 쓰고, 일회용 컵 안 쓰고, 휴지는 코풀 때 몇 칸?"

"두 칸."

"화장실에서는?"

"네 칸."

요즘 이런 것을 가르치는 선생님이 또 있을까?

어느새 꼴두바위 밑 태권도장은 나만의 관광 명소로 자리 잡았다. 도시에서 손님들이 찾아오면 꼭 데리고 갔다. 그들에게 이 목조건물은 타임머신이었다. 한물간 물건들은 마음의 우물에 던져지는 두레박 같았다. 모두들 저마다 꽂히는 물건 앞에서 누가 묻지 않아도 자신의 과거를 척척 길어 올렸다.

"이것 좀 봐" 소리에 몰려가서 팔짝 뛰며 마치 소꿉동무를 만난 듯 반가워하면서 시간을 잊었다. 세상 어디에도 없는 시간 놀이터, 태권도장을 나서면서 이구동성으로 하는 말은 "그 사범이 궁금하다".

그 후배는 운이 좋았다. 주말 아닌 평일에 와서 궁금 인물을 찾아 읍사무소로 간 것도 그렇지만 가는 날이 장날이라고 마침 마을에 혼삿집이 있어 메밀 전병 등 산골 음식을 맛볼 기회까지 얻은 것이다.

민원인 접대용 테이블에 우리를 앉히고는 음식을 수북이 한 접시 담아 온 콜 사범님. 내가 후배를 소개하려 하자 손부터 들었다.

"아, 잠깐만요. 릴~랙~스, 우선 음식부터 맛보시더래요."

민원을 처리하고 콜 사범이 돌아왔을 때 우리는 이미 기름진 부침개로 포식한 다음이었다. 어서 먹으라고 권하자 그는 우리에게 이미 내려놓은 젓가락을 다시 집으라고 채근했다. 아무리 배부르다고 사양을 해도 막무가내였다. 그런데 정작 깊은 뜻은 딴 데 있었다.

"아, 안 드시더라도 젓가락은 들고 계셔 주는 센스, 젓가락 내려놓으면 이제 간다는 뜻 같아 섭섭하드래요."

세상에, 그런 거구나. 우리가 다 먹었다고 젓가락을 싹 내려놓으면 그가 어찌 먹을 수 있을까. 젓가락을 쥐고만 있어도 분위기는 사뭇 달라졌다. 우리는 구경꾼이 아니라 함께하는 사람들이었다. 누가 보아도 셋이 먹고 있는 모습이었다. 나는 세상 사는 이치를 또 하나 배웠다.

"사범님, 저와 아주 친한 후배예요. 태권도장 보고 너무 재밌어했어요."

"콜."

'아, 그러셨어요? 재밌게 보셨다니 저도 좋습니다'란 뜻일 거다. 난데없는 콜에 어떤 반응을 해야 할지 모르는 후배에게 사범님의 두 번째 전매특허가 발휘된다.

"이 어머님이 우리 동네에 오셔서 저는 천군만마, 또 이렇게 손님을 모시고 오니 다다익선."

후배의 얼굴에 웃음이 넘쳐 나자 사범님은 아이처럼 신이 났다. 여태 내가 듣지 못했던 이야기가 쏟아진다.

"그 체육관은 100년 된 건물이래요. 일제시대 때 쌀 창고를 했던 건데 우리 사범님이 무상으로 받으신 거래요. 그래서 돈을 안 받고 우리한테 태권도를 가르쳐 주셨어요. 저는 학곤 빠져도 도장은 안

빠졌어요. 이상하죠?"

메밀 전병 한입에 식혜 한 모금을 마시고 릴~랙~스.

"내가 오래된 물건을 모아 놓은 것은 애들에게 보여 주기 위해서예요. 그게 역사 아닙니까. 애들은 모르잖아요. 모든 게 너무 빨리 사라지니까요."

나는 멀쩡한 물건들이 버려지는 게 아까워서거나 수집광이라서 그러려니 했었는데, 척박한 산골의 아이들을 생각하는 깊은 뜻이었다니. 갑자기 체육관의 선반이 떠올랐다. 우리나라 최초의 보온 밥통이라고 사범님이 주장하는 꽃무늬 밥통을 요강과 나란히 놓은 데도 무슨 깊은 뜻이 있는 건가. 혹시 밥통이 릴랙스 하면 요강? 그의 허튼 웃음이 이제는 그냥 넘겨지지 않는다.

"아침에 눈을 뜨면 '오늘도 열심히 살자'고 혼자 외칩니다. 내가 애들에게 이렇게 저렇게 살라고 말하는데 내가 그렇게 살아야 그런 말을 할 수 있으니까요. 그래서 애들 덕에 제가 이만큼 삽니다. 그러니까 애들에게서 얻는 게 더 많습니다."

갑자기 뱃속이 든든해지는 건 혼사 음식을 너무 많이 먹은 탓일까.

읍사무소 문밖까지 배웅 나온 콜 사범은 작별 인사도 독특했다.

"저는 제가 쭉정이라는 걸 알거든요. 그래서 알곡이 되려고 애쓸 뿐입니다. 반가웠고요, 안녕히 가세요."

갑자기 그 말이 내 안에서 메아리를 만든다.

'너는 네가 쭉정이라는 것을 알고 있냐?'

이 산골에서 태어나 50년 넘게 이곳을 떠난 적이 없는 사람, 사람보다 나무가 많고 집보다 바위가 많은 이곳에서 반세기를 살면서 그는 어느새 사람이 아니라 나무가 되고 바위가 된 것 같다. 사자성어 중에서도 유독 초지일관을 입에 달고 사는 것은 어쩌면 그의 바위 근성이 드러나는 것일지 모른다.

저녁 6시, 전화가 온다. 태권도에 빠지지 말고 오라는 사범님의 콜이다.

"네! 사범님."

콜 사범이 또 나의 허를 찌른다.

"힘 빼세요, 릴~랙~스~."

실없어 뵈는 웃음 속에 일거수일투족 깊은 가르침을 주는 그는 이제 내게 영원한 사범님이다. 나보다 나이는 어리지만 초지일관 사범님으로 모시려는 내 마음을 알면 그는 뭐라고 할까. 장담컨대 딱 한마디이다.

"콜!"

딸인 듯, 딸이 아닌 듯

모처럼 큰애와 긴 통화를 했다. 그간 졸업 작품전 준비에 바빴단다.

"밥은 잘 챙겨 먹고 있니? 돈은 있어?"

여기까지는 엄마로서 기본 질문.

"졸업 작품은 어떤 내용이야?"

"내 주변에 잘생긴 남자들을 찍어서 크게 확대한 거야, 호호호."

"오우, 이른바 훈남들?"

"그렇죠. 그런데 중요한 것은 그 남자들 가운데 배치한 아기야."

"아기?"

"응, 요즘은 남자들을 보면 아기가 떠오르더라. 결혼할 때가 되어서 그런가? 호호호."

"외모는 훈남인데 아빠 노릇은 과연 얼마나 잘할까, 이런 거?"

"말하자면 그런 거죠."

뜨끔했다. 내가 코앞의 연애 감정에 빠져서 결혼 상대자의 아버지로서의 역량을 제대로 측정하지 못했다는 자책을 수차 하긴 했지만 아이도 내게 그런 혐의를 두고 있었던 건가?

"엄마, 그런데 내가 정작 말하고자 하는 메시지는 남자들은 다 아기 같다는 거야."

살짝 가슴이 쿵! 얘가 그동안 의연한 듯했지만 제 아비의 무관심이 상처로 남은 건가, 그렇다고 남자들이 다 철없다고 하는 건 너무 부정적인 생각 아닌가, 이러다 변변한 연애도 못해 보는 건 아니야? 생각이 저 혼자 엉뚱한 곳으로 튀고 있었다.

"엄마? 들려?"

"그럼, 듣고 있어."

"쿨가이 같은 남자들도, 터프한 남자들도 속에는 다 아기가 하나씩 들어 있어. 초등학생 때부터 우리는 '너는 이제 다 컸다'는 소리를 듣잖아. 그 후에는 나잇값을 하라는 말을 계속 듣고. 맏이니까 동생이니까 여자니까 남자니까 양보하라고 하고. 그런데 그게 어떤 결핍으로 우리 속에 남아 있는 거 같아. 주민등록증이 나오고 어른이

된 다음에도."

"너는 동생이 장애이고 엄마는 집에 없고 결핍감이 더 컸겠네."

"물론 그랬지."

어머, 기다렸다는 듯한 이 대답은? 상처가 그렇게나 깊었나?

"그런데 엄마, 결핍이 없는 애가 없어. 맏이가 아닌 애도 결핍이 있고 심지어 외동인 애도 결핍이 있더라니까. 부모가 아무리 잘해 줘도 자식들은 받는 데만 익숙해서 뭐가 잘 안되면 그걸 부모 탓이라고 주장하는 거지. 그래야 편하니까. 그러니 부모들이 절대 거기 휘둘리면 안 돼, 엄마도 '아이고, 내가 애한테 어쩌고' 이런 생각할 필요 없어. 다 지가 만든 장치 같은 거니까."

어쭈, 요것 봐라, 내 속까지 엑스레이 찍으며 병 주고 약 주네.

"걱정 마, 나는 그런 생각 안 해. 엄마도 최선을 다 했어."

"맞아, 엄마. 나도 그렇게 생각해."

제 상처에 약을 바르다가 슬쩍 내게도 문질러 주는 것이 갑자기 코끝이 찡해 온다.

"그런데 부모들은 가끔 마음과 다른 이야기를 하는 것 같아. 너를 믿는다는 말 밑에는 불안이 들어 있고, 좀 쉬면서 하라고 하지만 늘 어질까 봐 걱정하고."

또다시 뜨끔했다. 제 어미가 하는 말의 밑바닥도 살필 정도면 내가 묻는 '밥 먹었니'의 진정성도 저울에 달아볼 거 아닌가. 슬쩍 찔

러보았다.

"말과 마음이 다르다? 누구라고 지적은 않겠지만, 밥걱정은 하면서 밑반찬 한번 안 해 주는 그런 거?"

"하하하하."

웃음 자체가 답이었다.

"그런데 엄마 그 결핍 말이야. 그걸 인정하고 꺼내 놓고 나면 좀 가벼워지는 거 같아. 친구들도 자신의 결핍을 인정하지 않다가 계속 말을 해 보면 요즘 자기가 힘든 것이 그 결핍감이 이제 나타나서 그런 것 같다는 말을 해. 그런데 정말 어떤 결핍인가를 따지고 들어가 보면 별거 없는 거야. 그러면 좀 편안해진다. 신기하지 않아?"

큰애 나이 열일곱 살, 그때 아이는 완전 내 뒤통수를 쳤다.

"집에서 나가 혼자 살고 싶어. 학교에서 사람들이 나를 아는 척 하는 게 싫어. 나를 만났는데 엄마는 잘 계시냐고 묻는 건 내가 엄마 딸로만 보인다는 거잖아."

딸애가 다니던 대안 학교는 문화 체험이 중심이라 여성문화운동을 하는 내 후배들이 종종 강의를 가곤 했다.

"그래서? 그 사람들이 너한테 특혜를 줬어?"

"그건 아니지만."

"엄마 안부도 못 물어봐? 나를 만나면 네 안부를 묻기도 해."

"말로는 엄마를 이길 수가 없어. 그래서 내가 얼마나 힘든지 알아? 예전에 아빠도 혹시 이렇지 않았을까 하는 생각을 요즘에 해."

억!

이건 뒤통수가 아니라 심장에 칼이었다. 그런데 그 칼 덕에 나는 '탯줄'을 끊을 수 있었다. 한부모라 가지는 책임감 두 배에, 장애가 없는 맏딸에 대한 기대 두 배, 이건 어느새 큰애와 묶인 질긴 줄이 되어 있었다.

"그렇게 원하면 나가서 살거라."

나는 줄을 놓았다.

그 후 미술대학 입시를 준비하면서 그린 아이의 그림들, 머리카락이 한 올 한 올 기관총 모양이었다. 아이 속에 람보가 있었다. 우주 공간에 작은 공 하나, 아이는 그 위에 앉아 낚싯대를 드리우고 있었다. 외로움 속에서 뭔가를 기다리는 건가?

"엄마, 제발…. 그땐 질풍노도의 시기였단 말이야. 제발 잊어 주세요, 죄송해요."

이제 와서 이렇게 말하지만 그 과정이 없었다면 지금의 나도, 큰애도, 우리의 관계도 없었을 것이다. 상처가 예술을 낳고 그 예술이 다시 상처를 치유하고, 그래서 예술이 사람을 정화시킨다고 했던가.

"그래, 훈남과 아이를 결합시킨 네 작업이 너에게 치유가 되고 친구들에게 위로가 되면 좋겠구나."

"응, 나도 그랬으면 좋겠어. 엄마는 요즘 뭐해?"

"나도 내 인생의 경험을 돌아보면서 정리하고 있어. 내 결핍도 위로하고 치유하는 책을 쓰고 있다."

"엄마도 나랑 같은 일을 하고 있는 거네."

"그렇지. 너는 졸업을 위해서, 나는 직업으로 하는 거지만 결국 그런 일들을 통해서 자기를 구원하는 거지. 그게 인생인 거 같다."

"와, 멋진 말이에요. 엄마랑 이런 얘기하는 게 참 좋아."

그래, 어느새 우리가 친구 먹을 시기가 온 거로구나.

"응, 나도 네가 친구들과 만나서 무슨 이야기를 하는지, 요즘은 무슨 생각을 하는지 얘기해 주는 게 좋아."

"이런 얘기를 나누는 엄마는 많지 않을 거야. 나는 참 운이 좋아."

"맛있는 반찬 많이 해 주는 솜씨 좋은 엄마도 있고, 대화하기 좋은 엄마도 있고, 그런 거지."

"두 가지를 다 해 주는 엄마가 제일 좋긴 하지, 호호호. 그렇지만 엄마, 이것도 내 욕심이야. 나도 내 딸에게 둘 다 해 주지는 못 할 거야. 딸을 낳을지 못 낳을지는 모르지만."

딸인 듯하면 친구이고 친구인 듯하면 딸 같은 말들이 한동안 이어졌다.

전화를 끊고 나니 기분이 좋아졌다. 엄마로서 안고 있던 미안함이 많이 녹아내렸다. 아이가 열다섯 살이 넘으면서부터 아이에게서 친구와 스승의 싹이 트고 있다는 것을 알았다. 스물여덟 살이 된 지금, 딸아이는 완전히 독립된 개인으로 존재한다. 딸아이가 성장 과정에서 가정환경으로 받았을 상처도 나로부터 독립되어 존재하고 있다. 나는 그 상처의 연관 검색어쯤에 설정된다.

이제는 내 차례이다. 엄마를 넘어 인생 선배로서 인생 동료로서의 비중을 키워 나가야 한다. 엄마라는 의식이 강하면 상처의 원인 제공자라는 죄책감이 생기지만, 인생의 선배나 동료라는 생각을 하면 판이 달라진다.

이혼에 대해 엄마로서 갖는 미안한 마음을 넘어서면, 나는 결혼 상대를 고를 때 신중하게 살펴야 할 체크리스트 하나를 제공하는 유용한 선배가 된다. 우리가 인생의 동료가 된다면, '나는 이런 상처를 이렇게 다뤄 냈고 저런 상처는 이렇게 관리하고 있다'고 한 수 가르쳐 줄 수도 있고 한 수 배울 수도 있다. 감정 소모를 줄이고 그 에너지로 함께 상처를 치유하고 서로를 멋지게 응원할 수 있다.

꼬집어 말은 안 했지만 우리는 느낀다. 우리의 관계가 생물학적 혈연에서 우정의 연대로 새 출발하고 있다는 것을. 피차 큰 의미를 두지 않으면서도 대화 속에 반찬 이야기를 계속 끌어들이는 것은 우리가 엄마와 딸이기도 하다는 것을 확인하는 장치일지 모른다.

핸드폰을 열어 큰딸이라 저장된 이름을 수정한다. 딸의 이름 세 글자를 쓰고 그 뒤에 씨자를 붙인다, 정중하게.

낮술

짜증은 내어서 무엇 하나
강짜는 부려서 무엇 하나
인생 일장춘몽인데
아니나 노지는 못하리라
니나노 닐니리야 닐니리야 니나노.

어릴 적 우리 아버지의 십팔번 〈태평가〉. 해방과 전쟁으로 젊은
나이에 대가족의 가장이 되어 문학청년의 꿈을 접어야 했던 아버지
는 참말 술을 좋아하셨다. 사회생활의 팽팽한 긴장감과 실향민의 애

환, 가슴속 못다 핀 꽃 한 송이를 술로 위로하셨던 것 같다.

민주적이었으나 다소 엄한 면이 있었던 아버지는 술이 취하면 집에 들어서시며 이 노래를 부르셨다. 이 정도면 대취하신 거다. 우리는 앗싸, 아버지 지갑이 열릴 거라는 기대로 후렴구 '니나노 닐니리야'를 백코러스로 받쳐 드렸다.

하지만 어머니는 질색을 하셨다. 당시는 술집을 니나노 집이라 했는데, 여자들이 술을 따르며 젓가락 장단으로 노래를 불러 붙여진 이름이었다. 그러니 딸들이 니나노 가락을 부르는 것이 고울 리 없었다. 아침이면 어머니는 간밤에 아버지가 뿌리신 현금을 회수하시며 말씀하셨다.

"너희들은 술 안 먹는 남자랑 결혼해라. 네 아버지는 이기지도 못하는 술을 저렇게 드시니…."

회수의 변이기도 했지만 내 마음에는 '술'에 대한 부정적 인식이 뿌리내리는 시작이었다. 아버지가 52세로 돌연사 하시자 술은 나에게 불구대천지원수가 되어 술 앞에는 '절대로'가 붙었다. 그리고 술을 피해가기에는 여자라는 조건이 유리했다.

아버지의 술은 작은언니에게로 유전되었다. 언니는 내게 술 한 잔도 못하고 쫀쫀하게 산다고 비웃었지만 나는 술이 무조건 싫었다. 아니 두려웠다. 돌연사에 대한 공포이기도 했다.

글 쓰는 사람이 술 담배 커피, 이 중 한 가지도 하지 않는 건 참 신기한 일이라고들 했다. 머리를 쓰면 기운이 위로만 올라 이른바 상기가 되니 그걸 해소해 줄 수 있는 뭔가가 필요하다는 것이었다. 하지만 나는 아무렇지 않았다. 자고 나면 새로 태어난 것처럼 새 기운이 돌곤 했었다. 이런 나를 두고 취선의 경지에 이른 선배 하나는 '아동'이라고 놀렸다. 나는 이렇게 응수했다.

"아동에 점 하나만 찍으면 야동이야."

술에 대한 나의 반대는 이토록 확고했다.

"야, 나 같으면 수면제 대신 술을 마시겠다. 폭음, 과음이 문제인 거지. 약주라는 말도 있잖아."

수면제보다 술? 갑작스런 불면증 앞에 당황한 내 귀에 술이 솔깃하게 들어왔다.

"어떤 정신과 의사도 수면제보다 와인 한 잔이 낫다고 했어. 인생이 뭔지 아는 의사인 거지. 자, 한 잔 받아."

취선 선배의 인생 처방전, 나의 술은 이렇게 시작되었다.

취하여 보니 천지는 넓고

마음을 여니 만사가 태평하구나

초연히 자리에 눕고 보니

여러 생각 잊고

마음이 즐거워라.

아흐, 정말 그랬다. 술 한 잔이 자물쇠가 채워진 내 마음속 긴장을 풀어 주니 만사가 절로 태평해졌다. 술은 나를 녹여 초연히 눕게 했고, 알코올이 여러 생각을 증발시켜 마음이 즐거웠다.

풍류여아, 김호연재(조선 숙종 때의 작가)의 시는 이렇게 나에게도 적중했다. 선대에 이런 멋진 할머니들이 있었는데, 왜 그게 역사책이나 국어책에 실리지 않았는가. 그랬다면 내 인생도 훨씬 태평하고 즐거웠을 텐데. 술에 대한 급호감은 국정교과서에 대한 원망까지 이어졌다. 나는 이 제목 없는 시에 '낮술'이라고, 원작자의 허락 없이 이름을 붙였다.

풍류여아로 살리라, 그 절정은 추석이었다. 가족 의무 방어를 마친 여자들이 취선 선배 집에 모였다. 저마다 가져온 음식 한 접시씩이 모이니 사극에 나오는 주안상이 금방 차려졌다.

"건배."

"청바지!"

"청!-청춘은."

"바!-바로."

"지!-지금."

우하하하. 저마다 아는 건배사들로 잔을 부딪쳐 가며 웃고 마시고, 마시고 웃고, 노래하고 웃고, 춤추고 웃고, 웃다가 웃다가, 최후의 일각까지 웃다가 지쳐 쓰러져 잠들었다. 아침에 일어나 보니 얼굴들이 여전히 웃고 있었다. 굿모닝을 넘어 꽃모닝, 꽃처럼 방긋 웃는 아침이었다. 아이고, 술 한 잔이 이렇게 좋은 것이여!

사실, 우리 조상들은 명절날 밤에 여자들끼리 모여서 술 한 잔 마시고 노래하고 춤추며 놀았다. 방아 찧고 떡 하고 제사에 술상에 대가족 세 끼 밥상에 피곤하고 스트레스 받는 명절이지만 이렇게 야간에 음주 스쿨을 통해 여러 생각을 잊고 즐거울 수 있었던 것이다.

되찾아야 할 미풍양속은 따로 있었네. 천지가 넓은 줄을 알게 하고, 만사태평에 마음을 즐겁게 해 주는 '약주'는 술이 아니라 약이었다. 여자라서 술을 피할 수 있다고 좋아했지만 여자라서 취흥과 담 쌓고 지낸 것도 있었다.

내가 술을 마신다는 소문은 교회에 다니는 고지식한 의사 친구에게 들어갔다. 아플 때마다 나의 건강을 위해 진료와 기도를 함께 해 준 고마운 친구였다.

"너, 요새 밤마다 술 마신다며? 진짜야?"

"누가 그래? 아냐."

"아니지? 어쩐지."

막 안심하려는 친구에게 나는 고백할 수밖에 없었다.

"낮술이 최고지!"

미사리 커피잔

친구네 집은 드넓었다. 입구에서부터 좌우로 갈라져 두 가구가 살기 알맞게 설계된 것이 아파트의 단조로움을 벗어나 있었다.

"복도 많다. 남들은 우리 나이에 집 줄이는데, 이런 고대광실을."

"그러게 말이야, 아들 결혼시키면 손님된다는 요즘 세상에 딸 하나 더 얻은 격이니 복 터졌네."

결혼하는 아들이 아직 학생 신분이라 어쩔 수 없이 한집에 살게 된 것을 두고 하는 말이었다. 일부러 부러움을 과장하는 친구들의 마음을 아는 집주인은 코를 찡긋했다.

"그 말 들으니 위로가 된다. 좋은 거 반, 힘든 거 반, 반반이야."

새 며느리는 집을 비우고 없었다. 며느리의 공간은 교양 있게 외면하고 반쪽짜리 집 구경을 하느라 우리는 거실을 한참 서성거렸다. 프랑스의 왕비 마리 앙투아네트의 방에나 있음 직한 멋들어진 장식장 안에 다소곳이 들어 있는 커피잔 세트, 장미꽃이 아로새겨진 잔들과 장식장의 화려함이 어우러져 마치 정원 같았다.

"와, 이건 완전 며느리 평계로 시어머니가 혼수 장만했네."

우리의 탄성에 집주인은 다시 한 번 찡긋했다.

"젊은 애들 눈에 구질구질해 보이지 않으려고 그런 거야. 보기만 그럴듯하지 짝퉁이야, 짝퉁. 어서들 앉아, 차 식겠다."

"야, 그래도 기분은 그게 아니겠는데? 혹시 네가 신혼 기분 내는 거 아냐?"

우리의 놀림 섞인 깔깔거림에 집주인의 표정이 갑자기 진지해졌다.

"어머, 니들도 그렇게 생각하니? 나 결혼할 때는 살림이 뭔지도 모르고 어른들 따라 그냥 한 거잖니. 근데 이번에는 물건 하나마다 기분이 다르더라고."

살림이 변하니 기분도 달라졌다? 그런데 우리 앞에 놓인 이 투박한 머그잔은 뭐야? 저기 저 날렵한 장식장 안에 든 화려한 커피잔은 그야말로 장식용, 눈요깃감인가?

"얘, 나는 저 장미 커피잔으로 한번 마시고 싶다."

내 말에 친구들의 눈이 똥그래졌다. 내가 무슨 대단한 금기라도 범한 것처럼 집주인은 가만있는데 손님들이 난리였다. 저런 잔은 금박을 둘러서 자주 쓰면 벗겨진다, 이미 커피 타 왔는데 번거롭게 왜 그러냐….

"금박 안 벗겨지게 살살 마시고, 설거지도 살살해서 제자리에 딱 갖다 놓을게. 커피 식어도 괜찮아, 냉커피도 마시는데 뭘."

나의 간절함은 드디어 집주인을 일으켜 세웠다. 장식장이 열리고 장미 한 송이에 손이 닿는 순간, 이 변절자들! 여태 말리던 친구들이 나도 나도. 마침내 집주인까지 에라 모르겠다, 나도 한 송이!

한 손에는 잔 받침을, 다른 손에는 커피잔을 들고 조금씩 홀짝거리는 친구들의 모습은 귀부인 그 자체였다.

"잔이 우아하니까 마시는 자태들도 우아하시네요, 싸모님들."

와하하하.

"어머, 네가 그 말 하니까 미사리에 온 거 같다, 미사리."

"그래, 커피는 식었어도 기분은 미사리다."

맞아 맞아, 와하하하.

"김종환 노래만 있으면 딱이다. 물안개 피는 강가에 앉아 너를 바라볼 수 있다면…."

친구들은 순식간에 미사리에 가 앉았다. 중년의 여자들이 왜 그토록 미사리에 열광하는가. 젊은 시절 듣던 노래가 그리워서일까, 아니면 다시 한 번 뜨겁게 사랑에 빠져 보고 싶어서일까.

노래든 사랑이든 그 무엇이든 핵심은 자신으로의 회귀이다. 가족과 역할과 책임을 잊고 순전히 자신으로만 존재하고, 자기감정에 충실한 순간에 빠져 보고 싶은 주인공 본능! 지금 내 앞의 커피 한 송이는 주인공의 지위를 확인시키는 멋진 물증!

커피잔을 타고 한강 위를 둥둥 떠다니는 친구들, 마음속으로 저마다 애창곡을 듣느라 말이 없다.

"솔직히 이 커피잔은 김종환보다 유익종 아니냐?"

눈까지 지그시 감고 있던 친구들이 무슨 소린가 해서 나를 쳐다보는 가운데 나는 미사리 대표곡의 한 소절을 나지막이 뽑았다.

"그저 바라볼 수만 있어도 좋은 커피잔…."

그제야 눈치챈 친구들이 다시 와하하하 웃어 주었다.

며칠이 지나 집들이한 친구에게서 전화가 왔다.

"나 지금 우리 며느리하고 미사리에 와 있어."

수화기 너머로 들려오는 미사리풍 음악 소리에 깜빡 속고 말았다.

"호호호, 사실은 거실에서 며느리랑 장미 커피잔으로 마시고 있는 중이야."

그날 미사리 커피잔 해프닝을 전해 들은 며느리가 컴퓨터로 미사리 음악을 다운 받아 주어 날마다 미사리 간다며 행복 타령 끝에 내게 고맙다고 하는데 괜스레 코끝이 찡해졌다.

인류의 진화는 유인원에서 인간이 된 것만을 의미하지 않는다. 밥상에서 '마저 먹어 치우라'는 소리를 듣고 자란 여자들이 남편 친구나 손님들에게만 타 주는 장미 커피잔을 일상에서 스스로 마시게 되는 것도 진화이다. 새 살림을 누릴 수 있는 정신적인 진화가 없다면 살림을 백번 바꾼들 아무 의미가 없다.

그릇장을 열어 가장 멋진 잔을 꺼내자.

그리고 자신을 향해 높이 들자.

그 순간 우리는 주인공이 된다.

자, 나를 위해 원샷!

매일 이사 가는 여자

내 친구 중에 집안을 아주 깔끔하게 하고 사는 친구가 있다. 집안에 박혀 쓸고 닦는 스타일도 아닌데 어쩌면 저렇게 집안이 늘 단정한지 미스터리였다.

그 친구의 생일이었다. 근처 식당에서 밥을 먹고 그 집에 차를 마시러 갔다. 어느 한구석도 뭐가 쌓여 있지 않은 깔끔함에 다들 한 마디씩 하며 비결을 물었다. 친구는 씩 웃으며 말 대신 손가락으로 베란다 쪽을 가리켰다. 거기에는 다소 두꺼워 보이는 예쁜 커튼이 쳐져 있었다.

"나라고 별수 있겠냐. 버리기 애매한 것들은 다 저 베란다에 쌓아 놓고 사는 거야. 그래서 커튼은 특별히 예쁜 것으로 신경 써서 걸어."

우리는 역시 신비는 베일에 싸여 있게 마련이라고 한바탕 웃었다.

"그렇지만 베란다가 고무줄도 아니고 베란다 정리는 언제 해?"

친구는 아무렇지 않게 바로 답했다.

"베란다 다 차면 이사 갈 거야."

세상에! 아무도 쉽게 흉내 낼 수 없는 이 해법은 도대체 어디서 나온 거래?

그는 우리 친구들 중에 가장 먼저 결혼했다. ROTC 장교와 결혼하여 임지를 떠돌다 보니 우리와 연락도 끊겼었다. 첫아이가 초등학교도 입학하기 전에, 친구는 난치병에 걸려 끔찍한 투병의 시간을 보냈다고 한다. 다른 친구들은 결혼도 안 한 스물여덟 살에 죽음의 문턱을 경험한다는 것은 보통 일이 아니었겠지. 그때 친구는 아이가 초등학교를 졸업할 때까지만 살아 있게 해 달라고 기도했단다.

"그때 버리는 법을 배웠어. 세상에 중요한 것은 아무것도 없더라. 살아 있기만 하면 되는 거지. 내가 왜 이런 병에 걸렸을까 생각해 봤어. 내 안에 쓸데없는 걱정, 욕심, 부담, 불안, 완벽주의, 이런 것들이 너무 많이 들어 있더라."

친구는 어린 나이에 인생의 달인이 되었다.

"물건들도 그래. 당장 눈앞에 보이면 필요할 것 같아서 못 버리잖

아. 그런데 이사 갈 때 봐라, 가까이 놓고 살던 것들도 버리고 가. 결단의 순간이 오면 베란다 하나는 한 큐에 다 날려 보낼 수 있는 거라니까."

진짜 신비는 커튼이 아니라 친구의 정신세계에 있었던 것이다. 얼마 후 그 친구가 이사를 갔다. 이사 소식을 들은 친구들의 반응은 똑같았다.

"베란다는 얼마나 크대?"

그러나 우리는 안다. 정작 중요한 것은 베란다의 크기가 아니라는 것을. 이사라는 커다란 결단을 내리며 미적미적 쌓아 놓은 것들을 청산하고 단번에 자유로워지는 그 정신이 중요하다는 것을. 친구는 이사하면서 쌓아 놓은 물건보다 살면서 쌓인 정신적인 노폐물, 쓸데없는 기억들, 근거 없는 두려움, 이런 것들을 더 많이 버릴지 모른다.

서귀포에 눌러앉게 되자 내 이삿짐은 놀러 온다며 달랑 메고 온 배낭이 전부인 셈이 되었다. 3개월 후 뒤따라온 가족들도 당장 입을 옷가지만 챙겨서 왔다. 침대, 옷장, 소파는 물론 부엌살림도 가져오지 않았다. 아니, 가져올 수가 없었다. 셋집도 좁은 데다가 일단 1년 살아 보자고 한 상황이니 모두 다 두고 왔다. 거의 몸만 빠져나온 수준이었다.

그렇게 이사 오고 얼마 안 되어 우연히 반가운 사람을 만났다. 22년 전 여름, 우리 가족이 성산 일출봉이 보이는 신양 앞바다에서 한 달을 보낼 때 도움을 준 고마운 분이었다. 제주로 이주했다는 말에 놀라며 어머니를 뵈러 오겠다고 집 위치를 물었다.

"아, 알 거 같아요. 근처에 예스터데이 카페가 있지요?"

그런가? 집 근처에 은행이랑 주유소가 있는 건 알지만 카페라고? 그와 헤어져 집에 와서 보니 정말 우리 집과 딱 붙은 건물의 지하가 '예스터데이'였다. 밤에만 여는 카페라서 잘 몰랐던 것이다. 그 후로 예스터데이가 이정표가 되었다.

어느 날 어떤 여자에게 집을 알려 주게 되어 예스터데이 카페 바로 옆집이라고 했더니 고개를 갸우뚱하며 방긋 웃는다.

"그럼, 투데이에 사시는 거네요."

"네?"

"예스터데이 옆집이면 투데이 아닌가요? 호호호."

내가 아는 수녀님 한 분은 해마다 1월 1일이 되면 핸드폰에 저장된 주소록을 싹 지운다. 그리고 그날부터 연락이 닿는 사람이 입력된다. 작년까지 알던 사람도 새해에 연락 오면 새 사람으로 저장된다. 새로운 사람을 사귀고, 알던 사람과도 처음인 듯 새 기분으로 이어 가고.

그래, 그렇게 사는 거야. 매일 오늘을 산다면, 어제에 집착하고 내일을 걱정하며 창고 속에, 머릿속에, 가슴속에 쌓아 놓을 건 아무것도 없지 않은가. 인생 까짓것 그리 심각할 것 없더라며 낄낄대던 우영이 말대로, 그게 뭐 그리 어렵겠어.

아, 나는 매일 이사 간다. 어제에서 오늘로.

미련이여 궁상이여, 이젠 안녕, 앗싸!

밥 남기는 통쾌함

탁!

밥상에 수저를 내려놓으며 나는 회심의 미소를 지었다. 밥그릇에는 딱 한 숟가락의 밥이 남아 있었다. 통쾌했다. 예전 같으면 먹어 치웠을 것이다. 누가 뭐라 하지 않아도 자발적으로 그랬을 것이다. 남겨진 음식을 보면서 느껴지는 승리감, 길들여진 나를 하나 뛰어넘은 것이다.

지금껏 나는 사람들에게 당신 자신의 목소리에 귀를 기울여라, 그리고 그 소리를 존중해라, 그래야 다른 사람들과 세상이 당신을 존중할 것이라고 말해 왔다. 그런데 나 자신은 그렇게 철저하지 못했다. 음식을 남기면 벌 받는다는 오랜 가르침과 음식을 버리는 것에 대한 사회적 죄책감을 가지고 먹어 치웠다.

내 친구는 친정어머니가 "이거 마저 먹어 치워라" 하는 소리가 듣기 싫어 빨리 독립해야지 했었는데, 결혼해서 만난 시어머니는 "이거 쓸어 먹어라" 해서 절망했다. 그런데 더 기가 막힌 것은 그분들이 다 돌아가신 지금, 자신이 알아서 먹어 치우고 쓸어 먹고 있더라는 것이었다.

친구들은 이 이야기를 듣고 모두 공감했다. 그러나 말없이 오간 더 깊은 공감은, 이런 문제의식에도 불구하고 오늘 저녁 밥상에서 우리는 습관대로 먹어 치울 거라는 것이었다.

언젠가 도법 스님께서 "깨달음 별거 아냐. 습관을 깨고 새롭게 사는 게 깨달음이야"라고 말씀하시는 걸 들었다. 제 앞에 놓인 밥 앞에서조차 자기 주관을 내세우지 못한다면 세상만사에서도 그렇지 않겠는가. 하루에 세 번 좌절을 맛보는 경험이 누적되는 것은 얼마나 무서운 결과를 가져올 것인가.

나이를 먹으면서 내면의 목소리를 따라 사는 게 더 어려워졌다. '예스'이거나 '노'라는 분명한 내 진심을 들었음에도 '그런데', '그렇지만'이라는 토를 달고 망설이다 보면 어느새 나는 상황에 쓸려 가고 마는 것이었다. 그리고 곧 후회를 했다. 착한 여자 콤플렉스, 엄마의 도리, 나잇값 하는 사람, 이런 것들 속에서 상처투성이가 되는 것도 따지고 보면 자신을 존중하는 데 성공하지 못한 결과일 뿐이다.

자기 존중에는 단호함이 필요하다. 수족관의 열대어가 열심히 헤엄쳐 가다가 유리벽을 만나면 0.001초의 망설임도 없이 싹 유턴하듯이 주저함이 없어야 내 진심에 충실할 수 있다.

같이 밥을 먹다 보면 밥상에서 순간적으로 탁 젓가락을 내려놓는 사람들이 있는데, 가만히 보면 그들은 다른 일에서도 쓸데없이 망설이는 일이 없었다. 그들이 음식의 귀함을 모르는 것도 아니고 사회 문제에 무관심한 것도 아니다. '그럼에도 불구하고' 남기는 것이다. 그만큼 자기 소리를 따라 사는 데 익숙한 것이었다.

자기 존중은 우선순위의 문제이다. 그 어떤 것보다 '나의 진정한 마음'을 따라 살겠다는 것이 삶의 1순위가 되어야 한다. 자기 존중 훈련은 작은 일상에서부터 쌓이는 것이다. 일상 습관은 아무리 사소한 것이라도 꾸준히 누적되기 때문에 결코 사소하다고 할 수 없다. 거기서부터 모든 성공이 싹튼다.

그만!
내 내면의 소리가 들리는 순간,
젓가락 탁!

나는 매일 세 번, 자기 존중의 훈련을 하고 있다.

나는 아무것도
후회하지 않아요

　인생에는 얼마나 후회되는 일이 많은가. 이혼했을 때는 결혼을 후회하고, 아이들 키우기가 힘들 때는 낳은 것을 후회하고, 수박이 맛있을 때는 한 통 더 사지 않은 것을 후회하고, 복숭아가 덜 달 때는 한 상자나 산 것을 후회하고….

　나에게 후회는 숨쉬기만큼이나 가까이에 있었다. 밤에 누우면 하루 종일 있었던 일 중에 후회되는 것들이 오답을 적어 낸 시험문제처럼 머리를 떠나지 않았다. 후회는 만성병이었다. 나는 이 병을 고치기 위해 사람들 앞에 후회하는 나를, 못난 내 모습을 가감 없이 드러냈다. 인생의 선배들은 후회에 관한 어록이 하나씩은 있었다.

– 후회는 매 순간 최고의 것을 선택하려는 욕심의 산물이다.

– 후회는 결국 완벽주의에서 파생된다. 그러나 완벽의 기준이 뭐냐? 완벽은 없고 완벽주의만 있을 뿐이니 후회는 관념과의 헛씨름이다.

– 후회는 초등학생 때 틀린 산수 문제를 고등학생이 되어서 탓하는 비겁함이다.

– 후회는 실체가 아니라 생각의 함정이다.

20세기 프랑스 최고의 가수 에디트 피아프. 그의 삶은 소설이나 영화의 현실판이었다. 아버지는 거리의 곡예사, 어머니는 거리의 가수. 150센티미터도 안 되는 작은 키는 그가 태어나면서부터 돌봄을 받지 못한 증거라고 한다. 15세부터 거리에서 노래를 하여 생계를 유지한 그는 아름다운 목소리에 절절한 감정이 더해져 강렬한 힘으로 사람들을 사로잡았다.

샹송의 여왕이라 불렸지만 그토록 원했던 사랑은 그의 곁에 오래 남지 못했다. 그의 히트곡 〈장밋빛 인생〉의 가사, '그의 눈을 바라보면 시선을 떨구게 되고 그의 품에 안기면 세상이 장밋빛으로 보이고 그가 사랑을 속삭일 땐 정신을 차릴 수가 없었노라'처럼 피아프는 6세 연하의 무명 가수 이브 몽탕과 열렬한 사랑을 했다. 그러나 장밋빛 인생은 오래 가지 못했다.

권투 선수 마르셀 세르당과의 사랑, 평생 단 하나의 사랑이라고 꼽았던 이 사랑은 영화 〈아웃 오브 아프리카〉의 또 다른 현실판이 된다. 세르당이 피아프를 만나러 가던 중 비행기 사고로 사망한 것이다. 엎친 데 덮친 격으로 피아프는 교통사고로 죽음의 고비를 겨우 넘겼다. 모르핀에 기대 살다가 간암으로 47세에 세상을 떠난 그는 '남들이 평생에 걸쳐도 다 겪지 못할 일들을 20대가 되기 전에 겪었다'는 평을 듣는다. 정작 당사자는 자신의 삶을 어떻게 평가했을까?

"나는 아무것도 후회하지 않아요."

이럴 수가!

나 같으면 이브 몽탕에게 헌신했던 것을 가장 후회했을 것이고, 더 거슬러 올라가 그를 만난 것부터 후회했을 것이다. 세르당을 만나러 내가 갔어야 했다고 후회했을 것이고, 교통사고를 당하여서는 외출한 걸 후회했을 것이다. 그런데 에디트 피아프는 어떻게 아무것도 후회하지 않을 수 있었단 말인가.

작가 마가렛 미첼은 《바람과 함께 사라지다》에서 레트가 떠난 다음에야 후회하는 스칼렛에게 'Gone with the wind(모든 것이 바람과 함께 사라졌다)'라고 말한다. 지난 일은 이미 가 버려 존재하지 않는다고. 피아프도 그걸 알았던 모양이다. 후회해도 소용없다는 좌절적 의미가 아니라 인생이 바람처럼 사라지는 것인데 무엇이 남아 있어 후회를 할 것인가 하는 초월적 의미를 말이다. 그래서 그의 대표곡도 〈Non, je ne regrette rien(난 아무것도 후회하지 않아요)〉인가 보다.

과거가 사라진 바람과 같은 거라면, 후회는 그런 바람을 잡겠다고 어리석은 공중잡이를 하는 꼴이 아닌가. 사실, 인생이 무엇인지를 제대로 안 성숙한 사람들은 후회하지 않았다고 한다. 그러고 보면 후회는 병이 아니라 미성숙이었다.

나는 미성숙했다. 어릴 적 머리만 이불 속에 넣고 나 없다 했듯이 내 생각에만 빠져 허우적대는 미성숙, 인생 전체를 통째로 보지 못하고 조각조각 잘라 놓고 안달하는 미성숙, 인생이 무엇인지를 제대로 알지 못하는 정신적 아동.

조용히 따라해 보았다.

"나는 아무것도 후회하지 않아요."

다시 반복해 보았다.

"나는 아무것도 후회하지 않아요."

성장호르몬이 나오는 것 같다.

"나는 아무것도 후회하지 않아요."

삑삑, 당신의 인생에서 후회가 편집되었습니다!

3을 믿는다

삼총사, 삼요소, 삼원색

삼 세 번, 삼고초려

삼돌이, 삼룡이, 삼순이, 삼식이

삼삼하다

삼이라는 숫자는 참 특별한 것 같다. 가만 생각해 보면 그럴 법하다. 선이 3개 모이면 비로소 공간이 생긴다. 뭔가가 담길 수 있게 된다.

15년 전 언니가 위암 말기 판정을 받았을 때 눈앞이 깜깜했었다.

수술이 성공했다면서 기대 수명은 4년이라는 말에 기가 막혔다. 언니 나이 40대, 어머니는 어쩌나, 이모 의존도 100%인 작은딸애는 어떻게 하나, 내가 손발이 묶이면 생계는? 언니의 병구완과 걱정에 말로만 들었던 피오줌이 나왔다.

그때 원불교 교무님이 문병을 오셨다가 죽상이 되어 있는 날 죽집으로 데리고 가셨다.

"보림 기간이라는 게 있어. 그게 3년이야. 지금까지 살았던 것과는 다른 방식으로 살면서 3년을 넘기면 새 사람이 되는 거야."

보림(保任), 불교의 선종에서 진리를 깨우친 후에 안으로 자성이 요란하지 않게 잘 보호하고 밖으로 경계를 만나 유혹 당하지 않게 하는 공부라는 뜻이다. 쉽게 말해 식습관을 포함하여 일상생활과 마음가짐을 건강하게 바꾸어 유지하면 병이 재발하지 않고 오히려 발병 전보다 더 건강해지는 전화위복의 계기가 될 수 있다는 것이었다. 천상의 비밀을 전해 듣는 것 같았다. 희망이 생기자 죽어도 못 먹을 것 같던 죽이 넘어갔다.

3년이면 약 천일이다. 백일기도 열 번이면 천일이니 백도 열도 꽉 찬 숫자, 이 둘이 합쳐진 천은 물 샐 틈 없이 튼튼한 숫자이다. 3년, 당시는 3년이 무지하게 긴 것 같더니 그 3년이 다섯 번을 넘어 언니는 건강하게 우리 곁에 잘 지내고 있다. 그 후 나는 3이라는 숫자와 3년을 믿기로 했다.

3은 임계점의 숫자이다. 세상의 모든 것에는 임계점이라는 것이 있어 일정 기간 꾸준히 해 그 임계점을 넘어서야 비로소 뭔가가 보이고 나타난다. 그전에는 변화가 잘 보이지 않는다.

어릴 적에 김장하는 날, 온 가족이 분업을 해야 하는 그날 내 몫은 독에 물을 받는 것이었다. 마당의 수도와 연결된 호스가 독에서 빠져나가지 못하게 붙들고 있는 일로, 보기엔 쉬워 보였는데 한자리에서 있으려니 장갑에 털신에 중무장을 해도 손발이 얼어들어 갔다.

당시 김칫독은 매우 컸다. 땅에 묻은 김칫독에서 김치를 꺼내다가 거꾸로 박혀 죽은 사람 이야기가 가끔 뉴스에 나왔다. 김치가 겨울철의 거의 유일한 서민의 반찬이던 시절이니 6인 가족의 밥상을 백일간 책임질 독은 작을래야 작을 수가 없었다. 예닐곱 살인 나에게 그 독은 《알리바바와 40인의 도적》에 나오는 항아리보다 훨씬 컸다.

"이 놈의 독은 왜 이리 큰 거야."

아무리 들여다봐도 물 높이는 제자리였다. 물이 안 나오는 거 아냐? 호수를 꾹꾹 눌러 볼 정도로 더뎠다. 거의 울상이 될 때쯤 물이 독의 불룩한 배 부분을 넘어섰다. 그런데 이게 웬일인가. 배쯤 올라왔다 했더니 갑자기 물에 속도가 붙더니 금방 독의 모가지 쪽으로 물이 쫙쫙 올라오는데 정신이 없었다.

'어어어, 엄마가 부엌에서 마당으로 나와 물을 잠글 때까지는 시간이 좀 걸리는데…. 물이 넘치면 땅바닥이 얼어붙는데….'

다행히 시간을 가늠하고 계시던 엄마가 적시에 나타나 위기는 넘겼지만 그때 나는 임계점을 체험했다. 죽지 않기 위해 두부를 만들었던 형부는 내게 이렇게 말했다.

"기분이 오르락내리락한다고? 그러면서 올라오고 있는 거야. 두부도 저게 언제 끓나 하지만 꿈틀꿈틀 움직이다가 한번 끓기 시작하면 냅다 용솟음치거든. 좀 길게 봐."

송희 씨는 기다리는 것이 아니라 기다리게 하시더라고 했다. 기다림의 끝을 본 사람들은 기다림이 능동형이 아니라 수동형이라고 한다.

"다 자기의 시간이 있는 거야. 안달하고 서두른다고 물이 끓어? 조급히 익힌 과일이 제맛이 나?"

똑같아 보여도 어제의 것 위에 누적되는 것이므로 그건 단순반복이 아니다. 제자리를 헛도는 게 아니라 나사처럼 돌면서 깊어지는 것이다. 그것이 기다림이다. 이제는 단번에 승부를 보려 들지 않을 것이다. 밥 한 술에 배부르기를 욕심내지 않을 것이다. 지구력이 바탕에 깔리지 않은 순발력은 모래성이다.

나는 3을 믿는다.

3년, 나의 새로운 인생을 위해 투자할 것이다. 결과에 대한 조급함 없이, 과정이 곧 결과더라는 기다림의 신(神)들을 생각하면서.

4장
•
아무 걱정이 없다

돌아온 칠면조

어릴 적 내 별명은 칠면조였다. 하루에도 여러 번 옷을 갈아입어서였다. 명절 때나 새 옷을 장만할 만큼 옷이 귀한 시절이었지만 나는 있는 옷을 이것저것 바꿔 입었다. 순전히 갈아입는 재미였다. 그래서 여름에 겨울옷도 입고 언니들 옷은 물론 엄마 옷도 입고, 심지어 외출용으로 고이 모셔 둔 엄마 한복까지 꺼내서 접어 입었다.

칠면조는 중학교에 가면서 어디론가 사라졌다. 교복이 유일한 옷이 되었고, 개성 있는 사복은 '노는 애들'이나 입는 것으로 백안시되는 학교 분위기에서 칠면조는 생존할 수 없었다. 교복을 벗은 다음에도 칠면조는 돌아오지 않았다. 생계에 바쁘기도 한 데다 짜리몽땅

한 몸매로는 패션과 담을 쌓을 수밖에 없었다. 막연히 오십이 되면 그때는 돈 좀 써서 폼나게 멋을 부려야지 하고 밀어 두었다.

서른아홉 살, 미국에 갔을 때 칠면조가 다시 나타났다. 다양한 인종이 모여 사는 그곳에는 옷 색깔도 사이즈도 디자인도 다양하기 이를 데 없었다. 나는 오랜만에 만난 칠면조와 상설할인매장이나 창고 세일 대형매장들을 돌면서 옷더미를 뒤집는 재미에 빠졌다. 그러나 그 수명은 한 달을 넘기지 못하고 귀국과 함께 끝나고 말았다.

나는 다시 무난한 갈색과 무채색에 묻히고 말았다. 내가 만들어 입지 않는 한 만족할 만한 색깔이나 디자인을 찾을 수 없었다. 그러나 바느질 능력이 없으니 칠면조는 완전히 죽어 버린 듯 했다. 오십이 되면 폼나게 멋을 부리리라? 오십이 중반을 넘어 육십에 다가가고 있지 않은가. 그런데 우연히 정말 우연히 미국에 놓고 온 줄 알았던 칠면조가 서귀포에 나타났다. 거긴 미장원이었다. 임옥순 원장, 미용사 경력 40년의 이 여인은 어느 날 한 가지 의문이 들었다.

'왜 똑같은 색조 화장을 했는데 어떤 사람은 확 피어나는 것처럼 보이고 어떤 사람은 어둡고 지쳐 보이는 걸까.'

그는 색채의 신비를 밝혀내는 공부를 해 나갔다. 그러다 어떤 원리에 가닿게 되었으니, 사람마다 그를 피어나게 하는 색깔이 따로 있다는 것이다. 자기에게 맞는 색깔을 입으면 몸의 기운이 원활하게 돌아 건강해진다 하여 '색채 테라피'라는 말까지 나와 있었다.

그는 나에게 맞는 색을 하늘색, 옥색, 연보라색, 아이스핑크, 흰색 등 시원한 색깔이라고 찾아 주었다. 신기하게도 내가 좋아하는 색이었다. 내가 메고 다니는 가방은 민트색이었다. 색이 예뻐 딸애에게 사 주었는데 마음에 안 든다 하여 잘됐다 하고 내가 메고 다니고 있었다. 핸드폰 케이스는 하늘색이고, 잠옷은 흰 바탕에 하늘색 무늬다.

편지지를 고르면 대개 하늘색 톤이며 고등학교 때는 스카이블루 잉크를 썼다. 스카프는 단연 연보라색과 아이스핑크가 많고, 붉은 꽃보다 흰 꽃을 좋아해서 흰 코스모스와 흰 도라지꽃은 떠올리기만 해도 기분이 좋았다. 흰 모래가 깔려 있어 옥색으로 비치는 바닷빛을 보면 눈을 뗄 수가 없었다.

아, 내가 이 색깔들을 좋아하고 있었구나. 이게 나에게 기운을 주기 때문에 기분 좋았구나. 그런데 나는 왜 정작 옷은 나의 색을 입지 않고 살아왔지? 그날부터 옷가게만 보이면 들어갔다. 색깔 집기에 나선 것이다.

어렸을 적에 아이들과 색깔 집기 놀이를 했었다. 술래가 무슨 색 하고 부르면 잡히기 전에 그 색을 어디서고 찾아내야만 했다. 나의 색을 찾아 옷을 고르는 일은 놀이였다. 혼자 하는 색깔 집기 놀이.

아름다운 가게와 아무리 비싸도 만 원을 넘지 않는 할인매장 몇 군데가 단골 놀이터가 되었다. 마음에 드는 옷이 2000원 균일로 떨어질 때까지 기다리는 재미도 있었다. 나는 점점 어린 시절로 돌아가고 있었다. 세상의 눈, 다른 사람과의 비교, 이런 것과는 아무 상관없이 나의 색을 찾는 놀이를 즐겼다. 디자인 무시, 색깔과 사이즈만 맞으면 오케이! 옷을 고르기도 쉬웠다. 지난 1년간 내가 사들인 옷은 지금까지 내가 산 옷보다 더 많을 것이다. 그런데 쓴 돈은 백화점 정장 옷 한 벌 값도 안 된다는 사실.

나의 옷걸이는 어느새 하늘과 옥빛바다와 흰 꽃밭으로 변했다. 자려고 누워 옷걸이를 바라만 봐도 기분이 좋았다. 옷을 입는 즐거움도 커졌다. 여자들이 옷장 가득한 옷 앞에서 '입을 게 없다'고 한탄한다지만 나는 아무거나 입어도 좋았다. 비슷한 색이니 이 옷, 저 옷을 겹쳐 입어도 조화로웠다. 거울 앞에서 코디와 모델, 1인 2역을 하는 놀이의 즐거움이여!

신기한 일도 일어났다. 팔찌, 목걸이도 선물을 받으면 비슷한 색깔이 들어왔다. 마침내 매니큐어까지. 하늘색 매니큐어를 보는 순간 나는 거침없이 쓱쓱 발랐다. 내 생애 최초로 스스로 칠한 매니큐어였다.

패션의 혁명을 일으킨 코코 샤넬은 말했다.

"사람들에게 자신을 구속하던 옷에서 벗어남으로써 자기 사랑을 실현하라는 메시지를 주려 했다."

나는 지금까지 남의 눈을 의식하면서 옷을 입어 왔다. 그래서 옷을 입는 즐거움을 잃었을 뿐 아니라 나에게 어울리지 않고 나를 힘들게 하는 옷을 입고 살았다. 그런 옷 속의 나는 남들 눈에도 어둡고 지쳐 보였을 것이다. 하늘색 속의 나를 보고 사람들은 잘 어울린다고 한다. 나의 색을 찾아 나도 만족하고 남의 눈에도 피어나게 보이니, 자기만족은 늘 성공을 부른다.

하하 여사는 혼자 사는 집에서도 항상 예쁜 홈웨어를 입고 산다. 단골 옷가게의 찜해 놓은 옷이 세일 전에 팔리지 않길 바라는 긴장감도 일상의 즐거움이라고 했다. 샤넬의 말대로 옷은 자기 사랑의 표현이다.

여자 교수 셋이 베트남에 여행을 갔다가 지름신이 강림하사 아오자이를 사고 말았다. 셋이 간만에 만나 그 옷의 안부를 묻는데 둘은 그것을 입을 기회도 용기도 없어 모셔 두었다고 했다. 나머지 하나가 펄쩍 뛰었다.

"아깝게 왜? 나는 매일 입는데?"

"언제?"

둘이 놀라 물었다. 그이는 그 옷을 언제 입을까? 그것도 매일! 그가 조용히 말했다.

"잘 때."

옷은 태어나면서부터 죽을 때까지, 잠자는 동안에도 나와 떨어지지 않고 붙어 있다. 이렇게 긴밀한 것을 어찌 사소하다 하겠는가. 옷의 코디를 못했으니 다른 것은 오죽할까!

　나는 다시 칠면조가 되었다. 옷을 코디하며 인생을 코디한다. 내
인생의 코디는 나여야 한다.

행복의 나라로 갈 테야

엘리베이터는 7층까지만 운행했다. 그래서 계단을 걸어 한 층을 올라갔다. 굳게 닫힌 철문 그리고 차가운 문 손잡이. 그런데 그 문을 여는 순간 나는 아! 소리와 함께 그 자리에 멈춰서고 말았다.

나무로 만든 키 작은 반달문, 그 너머로 하얀 수선화 꽃송이들, 그 옆에 어린 단풍나무, 영산홍, 싱싱한 수국, 화분을 이고 있는 크고 작은 엎어진 항아리들 그리고 그 위에 파란 하늘….

딴 세상이었다. 자동차가 쌩쌩 달리는 오거리, 콘크리트 빌딩 위에 이런 공간이 있다니! 난데없이 긴 한숨이 흘러나왔다. 긴장이 풀릴 때 저절로 나오는 그런 한숨이었다.

꽃밭 속에 놓인 나무 탁자, 마주 보는 두 개의 의자, 이런 자리를 보면 앉고 싶은 것이 인간의 본능일까? 나는 끌리듯이 의자에 앉았다. 그리고 천천히 주변을 둘러보았다.

앉아서 보는 것은 서서 보는 것과 사뭇 달랐다. 꽃과 나무들이 더 깊이 다가왔고 그 작은 정원에 내가 폭 안겨 있는 느낌이었다. 눈을 감았다. 아니, 눈이 저절로 감겨졌다. 눈을 감으니 내 숨소리가 들렸다. 이 숨소리는 계속 나와 함께 있었는데… 눈을 감아야 들리다니….

"여기 좋죠?"

해공 선생이었다. 나는 해공 선생께 명상을 배울 마음을 내고 명상 센터를 찾아온 것이다.

"네, 정말 좋은데요. 완전 카페 같아요."

"여기 카페 맞아요."

"네?"

"카페가 별건 가요. 그냥 마음 편하게 앉아서 차 한 잔 마시며 쉬면 카페죠. 그러다가 아는 사람 만나면 이야기 나누고, 하하하."

듣고 보니 그러네. 요즘 도처에 그렇게 카페가 많이 생기는 것은 사람들이 그만큼 쉬고 싶다는 뜻일 게다. 집도 아니고 일터도 아닌 제3의 공간, 그냥 멍 때리고 앉아 있어도 뭐랄 사람 없는 공간, 그러면서도 외롭지 않을 수 있는 공간이 현대인들에게는 필요하다.

"정말 신기해요. 바로 저 아래층에 자동차들이 달리는데도 여기는 이렇게 고요하고 편안하다는 게."

"우리들 내면에도 그런 고요하고 편안한 공간이 있어요. 그 공간을 찾아가는 것이 바로 명상이고요."

그렇구나. 조금 전에 내가 여기 와서 눈을 감자 내 숨소리가 들리기 시작했고 그러면서 편안함이 느껴졌던 것, 그게 명상이었구나. 그렇다고 매일 여기 찾아와 앉아 있을 수는 없는 노릇이고….

"어디 있느냐가 중요한 게 아녜요."

헉, 내 마음을 읽으셨나?

"누구나 산속에 들어가서 혼자 조용히 살면 명상이 잘 되죠. 그러다가 삶의 현장에 돌아오면 다시 부대끼며 명상이고 뭐고 다 날아간다? 이러면 제대로 된 명상이 아닙니다. 사람들이 다 내 마음 같지 않고 일이 내 뜻대로 돌아가지 않는 세상에 살면서도 고통 받지 않고 행복하게 살아가기 위해 명상이 필요한 것입니다."

아, 그렇게만 된다면 얼마나 좋을까? 그게 어떻게 가능할까.

"우리의 마음이 편안해지고 행복해지는 것은 어떤 관점을 가지고 사느냐에 달린 겁니다. 예를 들어, 공부를 잘 하지 못하는 아이가 있어요. 그러면 장차 네가 뭐가 되려고 이러느냐 걱정하고 야단치면서 힘들고 불행하다 느끼는 부모가 있을 수 있겠죠? 그러나 아이가 건강하고 친구들 잘 사귀고 즐겁게 지내는 것을 보면서 다행스럽게 여기는 부모도 있어요. 또 공부를 잘하는데 불안한 부모도 있겠죠? 여기서 떨어지면 안 되는데, 우리 애보다 더 잘하는 애들도 있을 텐데 이러면서 말이죠. 공부를 잘하냐 못하냐가 부모의 행불행을 결정하는 게 아니라, 공부를 잘하든 못하든 그것을 바라보는 부모의 마음이 어떠냐에 행불행이 달려 있다는 겁니다."

그렇지만 세상이 온통 공부 위주로 돌아가는 게 현실이고, 그런 현실을 무시할 수 없는 게 부모 마음 아닌가.

"현실을 무시하라는 게 아녜요. 그 현실 때문에 고통스럽다면 현실을 바라보는 자신의 관점을 바꿈으로써 고통을 피할 수 있다는 겁니다."

자신의 관점을 바꾼다? 어떻게?

마침 수요일, 해공명상센터의 정기 모임이 있는 날이었다. 저녁 7시가 가까워지자 사람들이 한두 명씩 오기 시작했다. 지극히 평범한 사람들이었다. 나이는 20대부터 70세에 가까운 사람까지. 그런데 한 가지 공통점이 있었으니 모두 잘 웃는다는 것 그리고 웃는 모습이 해맑다는 것이었다. 반갑게 인사들을 나누며 깔깔대는 모습이 마치 초등학교 1학년 교실 분위기였다.

7시 정각이 되자, 땡! 작은 종소리와 함께 전등이 꺼졌고 좌선이 시작되었다. 깜깜함 속에 가부좌로 앉은 14명의 사람들, 숨소리조차 들리지 않는 고요가 한 순간에 나타나면서 그 방은 깊은 숲속이 되었다. 꼿꼿이 버티고 앉은 사람들 하나하나 나무였다.

눈을 감았다. 역시 눈을 감으니 소리가 들리기 시작했다. 퇴근 시간을 맞아 더 복잡해진 길거리의 자동차 소리, 사람들 소리, 그 소리에 끌려갔다가 내 숨소리로 돌아오고 다시 끌려갔다가 또 돌아오고, 그러다가 어느새 내 몸이 기우는 것이 느껴졌다. 졸고 있는 것이었다. 그런데 신기하게 그 졸고 있는 나를 내가 보고 있었다.

땡! 아까와 같은 종소리에 불이 켜졌다. 한 시간이 지나가 있었다. 나는 쉽게 눈을 뜰 수 없었다. 아, 얼마만의 단잠인가. 밤에 내 집에서 다리 뻗고 누워서도 오지 않던 잠이 이렇게 잘 오다니, 불을 껐기 망정이지 얼마나 창피했을까. 단잠을 자라고 불을 끈 건가?

"명상을 하면 시선이 바뀌어요. 밖이나 상대방을 향하던 것에서 자기를 향하게 돼요. 자기 내면을 들여다보고 자기와 대화가 시작되는 거죠. 그러면서 내가 바뀌게 돼요."

해공 선생은 어떤 부부의 실화를 하나 소개했다.

"명상은 부인이 먼저 시작했어요. 부부 사이가 나빠서 이혼을 해야 하나 어째야 하나 고민하던 중, 명상이 자기 내면을 보는 거라는 말에 자기 진심이 이혼인지 아닌지를 알려고 시작했대요.

그런데 앉아서 숨 쉬며 자기 속에서 일어나는 감정과 생각들을 지켜보니 무슨 원망과 불만이 그리 많은지, 모든 걸 남의 탓만 하는 자기가 뵈더래요. 시선이 이동한 거죠. 그런 자기를 누가 사랑스러워

할 것인가, 남편의 입장에서 자기를 보게 되더랍니다. 자기 관점에만 갇혀 있다가 상대를 아우르는 넓은 관점으로 이제 옮겨 갑니다.

그 다음 단계는 그런데 나는 왜 원망과 불만이 쌓였지 생각합니다. 둘째로 태어나서 치였다는 피해 의식, 부모님은 다 돌아가셨고 자신은 더 이상 둘째 딸이 아닌데 어리석게 여태 거기 갇혀 있었구나, 그 피해 의식이 수시로 발동해서 화를 내곤 했던 거구나. 이것을 깨닫고 나니 피해 의식에서 벗어난 거죠.

얼굴도 밝아지고 남편에게 불평불만을 하는 횟수가 줄어들었어요. 남편이 처음에는 며칠 저러다가 도로 제자리일 것이다 하고 별로 기대하지 않았대요. 그런데 시간이 갈수록 부인의 얼굴이 더 밝아지고 싸울 일이 없는 거예요. 남편은 궁금해졌죠. 도대체 명상이란 게 뭔가. 그래서 남편도 명상을 알게 되고 함께하면서 이해도 깊어지고 사이도 좋아졌다는 훈훈한 이야기, 하하하.”

해공 선생은 그 부부를 생각만 해도 기분이 좋은 모양이었다.

그날 밤, 집으로 돌아와 나는 오랜만에 숙면을 취했다. 비결은 간단했다. 배운 대로 숨을 들이쉬면서 ‘일어남’, 내쉬면서 ‘사라짐’, 이렇게 하다가 어느새 잠이 든 것이다. 누워서 머릿속으로 기와집 12채를 지었다가 부쉈다가 하던 온갖 잡념이 숨소리에 집중하는 바람에 끼어들 틈을 찾지 못한 모양이었다. 좌선 시간에 달게 졸았던 것도 잡념에서의 해방이 가져온 평화 덕분이었음을 그제야 깨달았다.

나는 불면증 동지들에게 득달같이 전화를 걸었다.

"불면증에는 명상이 직빵이더라. 언제까지 수면제만 먹겠어? 행복의 나라가 별거야? 잡념이 없으니까 잠 잘 오고, 잘 자고 나니 밥 잘 들어가고, 그게 바로 행복의 나라 아니겠어?"

나는 해공 선생에게 친구들을 이 센터에 놀러오게 해도 되냐고 여쭈었다. 선생은 흔쾌히 허락을 하셨다.

그날 철문을 닫아 두리라. 그래야 친구들이 문을 여는 순간 딴 세상을 보며 감탄할 수 있지, 내가 그랬듯이. 그러나 그건 시작에 불과해, 내가 진정 선물하고 싶은 것은 이런 멋진 고요와 평화의 공간이 자기 안에 있다는 믿음이야. 시공을 초월하여 언제나 자신과 함께 있는 영원한 정원 말이야.

친구들아 기대해! 우리 모두 행복의 나라로 가자.

나만의 식량

"그동안 허리 안 아프셨어요? 엑스레이 상으로는 어깨보다 허리가 더 문제로 보입니다."

한 해 전부터 슬슬 어깨가 아프더니 장에 옷 걸기가 힘들어져 병원에 갔더니 의사는 어깨보다 허리를 더 걱정하게 만들었다.

"협착 같아 보이는데 더 정확한 판단을 위해 MRI를 찍어 보는 게 좋겠습니다."

집으로 돌아와 협착에 대해 알 만한 사람들에게 전화를 걸었더니 한결같이 코가 빠지게 걱정이었다. 통증도 괴롭거니와 서기도 앉기도 힘들다는 말에 왕창 겁을 집어먹고 말았다. 강연은 서서 하는 것이고 글은 앉아서 쓰는 것인데 허리가 문제라면 굶어 죽게 된다는 말과 무엇이 다른가.

"폐소공포증 같은 거 없으시죠?"

MRI 촬영은 임사 체험이었다. 좁은 통은 관을 연상시켰고 비록 45분 동안이지만 아무것도 가져갈 수 없고 누구와도 동행할 수 없다는 절대 고독의 시공은 황천길과 닮아 있었다.

"안에 들어가시면 소리가 많이 나서 시끄러우니까 귀마개를 해 드릴게요."

세상과의 단절. 임사 체험은 점점 더 실감나게 진행되고 드디어 나는 아궁이로 들어가는 장작처럼 작고 하얀 동굴 속으로 밀려들어 갔다.

눈을 감았다. 의식은 매우 또렷했다. 물소리 같기도 하고 시계 소리 같기도 한 소리들이 들려왔다. 시끄럽기보다는 호기심을 자극하는 소리였다. 김도향 씨가 작곡한 태교명상음악과 비슷했다. 속으로 스스로 칭찬했다. 명상음악 같은 것을 들어 두길 얼마나 잘했어. 기특한지고.

갇혀 있다는 생각을 하면 답답해지면서 폐소공포가 올지도 모른다. 이 공간을 잊어버리기 위해서는 내 안의 세상에 머물러야 한다는 생각이 들었다. 45분! 드라마 한 편을 볼 정도의 시간은 결코 짧은 것이 아니다. 무엇을 할까. 아니 무엇을 할 수 있을까. 좋아하는 노래를 불러 보았다. 그러나 별로 감흥이 나질 않았다. 이런저런 기도문들을 읊조려 보았다. 같은 것을 반복해도 지루하지 않아야 시간을 잊을 수 있을 텐데 그만큼의 훈련은 되어 있지 않았다.

50년 넘게 살아오면서 45분을 보낼 만한 꺼리가 없다니. 냉장고 문을 열어 놓고 이렇다 할 반찬거리를 발견하지 못해 망연하게 서 있을 때 같았다. 내 머릿속에 뭐가 있지? 뭐가 있긴 있을 텐데…. 나는 눈을 더 꼭 감았다. 밖에 존재하는 것을 찾을 때는 눈을 크게 떠야 했지만 내 안에 있는 것을 찾기 위해서는 눈을 깊게 감아야 한다.

내가 가장 행복했던 순간이 언제였지? 내 인생이 불행하다고 생각한 적은 없건만 바로 그때 행복했지 하고 떠오르는 게 없었다. 스스로도 놀라운 일이었다. 그럼 가장 가슴에 남는 한은 무엇인가? 이혼도 아이의 장애도 한으로 여겨지지는 않았다. 다행이다. 그러고 보면 내 머릿속 냉장고에는 사건이나 사고는 별로 들어 있지 않은 것 같았다. 도대체 내 머릿속에는 뭐가 들어 있을까?

사람이었다. 까맣던 내 머릿속에 밤하늘의 별처럼 사람들이 하나씩 둘씩 나타나 빛나기 시작했다. 가슴께가 따뜻해지면서 내 얼굴에 미소가 번지는 것이 보였다. 어머니, 어머니는 웃고 계셨다. 언니오빠들도 웃고 있었다. 내 딸아이들과 조카들은 어린 모습이었다. 아주 밝고 행복하게 웃고 있었다. 내 입꼬리가 올라가는 게 보였다. 거울도 없이 내 얼굴이 보이고 있었다.

이어서 친구들이 등장했다. 10대 소녀 시절부터 지금까지 계속 친하게 지내 오는 벗들이었다. 그들은 북두칠성처럼 단체로 떠올라 열심히 이야기를 나누고 있었다. 역시 친구는 같이 웃고 떠드는 데 의미가 있는 존재들이었다.

그 다음부터는 의식적으로 한 사람, 한 사람 떠올리기 시작했다. 마치 외우고 있던 별자리를 밤하늘에서 찾아내는 것처럼. 우선 가장 존경하는 은사님. 구순의 나이에도 여전히 나에게 여성학과 여성운동의 모범이 되어 주시는 그분은 70대의 모습이었다. 내 책상 위에 놓인 사진의 모습 그대로였다. 매일 그 사진을 보았던 것이 뇌에 새겨져 있었던 모양이었다.

나는 이 세상에서 나와 인연 지어진 사람들을 하나씩 떠올렸다. 김춘수 시인은 그 이름을 부르자 꽃이 되었다고 했지만 내가 호출한 인연들은 내 눈앞에서 반짝이는 별이 되어 나를 암흑에 빠지지 않게 해 주었다. 어느새 내 머릿속은 총총한 얼굴들이 수놓은 아름다운 별 밭이 되어 있었다. 외롭지도 두렵지도 않았다. 오히려 즐겁고 재미있었다.

"끝났습니다."

벌써? 아직도 띄워 놓을 별들이 많이 남았는데….

"괜찮으세요?"

몸은 다시 세상으로 나왔으나 나의 의식은 계속 별나라에 있었다.

간호사는 내가 얼이 빠졌다고 생각한 모양이었다.

"네, 괜찮아요. 이 MRI라는 게 참 신기하네요."

"그렇죠, 속을 다 찍어서 보여 주니까요."

"그러게요."

"옷 갈아입고 나오시면 결과가 나와 있을 거예요."

결과는 매우 싱거웠다.

"다행히 협착은 아니네요. 허리가 아프면 그때마다 누워서 좀 쉬세요."

이 한 마디가 거금 35만 원의 값이었다. 나는 함께 걱정을 나눴던 협착 선배들에게 전화를 걸어 결과를 알렸다. 모두들 다행이라고 안심하면서 혹시 의사한테 낚인 거 아니냐는 반응이었다.

"낚인 게 아니라 내가 낚았어."

"뭘?"

"내가 인생을 살면서 뭘 낚아야 할지를."

언젠가 도사 같은 친구가 이런 말을 했었다.

"사람들은 흔히 사랑하기 위해 산다고 말하지. 그런데 가만히 보면 살기 위해서 사랑하는 거야."

그 말이 맞았다. 사람이 살아가는 식량은 쌀만이 아니다. 나의 의식 세계, 별나라에서 나의 식량은 사랑하는 사람이었다. 그들이 있

었기에 나는 막막한 45분을 버틸 수 있었다. 그건 나만의 식량이었
다, 오롯한 나만의 식량.

나는 오늘도 사랑한다, 살아가기 위해서.

비로소

동네 카페는 옥상이 아주 좋았다. 평범한 민가의 옥상에 어울리게 흔한 동네 평상이 놓여져, 차 한 잔을 옆에 놓고 벌렁 누워도 뭐랄 사람이 없다. 하늘을 보다 일어나 앉으면 바다에 심어진 성산 일출봉이 보인다.

"저기… 저희가 6시까지라서요."

주인 남자가 계단을 올라온다. 칼퇴근, 미안해하는 표정이다.

"어머, 벌써 6시가 됐나요?"

제주는 가끔 시간이 정지한다. 찻잔을 들고 내려가니 주인 여자가 아기를 안고 나와 있다. 한 살도 아니고 한 달이 되었단다.

이들은 올레길에서 만나 결혼했다. 걷다가 하루에 세 번 만나는 우연이 겹친 것이 인연이 되어 인생길 동무가 되었다. 그리고 자신들이 만난 올레코스에 카페를 열어 인생의 새 길을 열었다.

내가 그 카페에 처음 들어간 것은 카페의 출입문 색깔에 반해서였다. 지독히도 아름다운 제주 바다, 딱 그 색깔이다.

"아내를 처음 보았을 때 입고 있던 치마가 이 색이었어요."

"당근 주스 한잔 하실래요? 남편이 저에게 처음 건 말이었어요."

이를 기억하기 위해 메뉴에 당근 주스를 넣은 것인가? 커피를 못 마시는 나는 그 카페에 가면 당근 주스를 먹는다. 별미이다.

"이제부터 놀 시간이군요."

나는 할머니의 마음이 되어 아기를 한번 얼러 주고 카페를 나왔다.

이제 저 부부는 바닷가로 산책을 나가겠지. 퇴근 러시에, 야근에, 밀리는 주말에, 턱없이 비싼 놀이공원 입장료에, 쌓이는 스트레스, 이런 것 없이 아기를 데리고 산책을 하겠지.

아내의 치마를 닮은 바다를 보면 언제나 '처음처럼'일 거야. 노래 〈제주도 푸른밤〉처럼 월급봉투와 TV와 아파트와 현란한 야경 대신 당근밭과 속삭임과 바다가 보이는 창문과 별빛 아래 푸른 밤을 찾아, 그렇게 살기 위해 제주섬에 온 것일 테니까.

메이비(May 飛), 이중섭 거리의 명소인 이 카페에는 미녀 삼총사가 있다. 언제나 보조개가 파여 있는 큰딸 미소, 사람을 기분 좋게 당기는 둘째 딸 사랑, 그리고 막내 기쁨이.

카페 안에는 테이블마다 자그마한 꽃병이 놓여 있고 예사롭지 않은 꽃들이 꽂혀 있다. 카페와 통하는 옆방에는 아름다운 꽃들이 한 가득이다. 미소와 기쁨이가 부모님과 운영하는 꽃방이다. 야외 테이블이 놓인 메이비와 꽃방 앞은 누구라도 한번 앉아 보고 싶게 낭만적으로 장식되어 있어 지나가는 사람들이 그 앞에서는 저절로 발을 멈춘다.

"혹시 여기서 사진을 좀 찍어도 될까요?" 하면 "그럼요" 하면서 미소가 나온다.

"제가 찍어 드릴까요? 다 함께 서세요."

기쁨이 핸드폰을 넘겨받는다.

"활짝 웃으세요. 꽃보다 더 예뻐요."

"정말요? 하하하."

행여 좀 전에 싸웠더라도 사진에는 행복이 새겨진다.

카페 안에서는 사랑이가 사람들과 한참 이야기 중이다. 그의 무릎 위엔 애견 코미가 있고, 뭐가 그리 재밌는지 모두 빙그레 웃는 얼굴이다.

"이모, 어디 가세요? 들어와서 뭐라도 한잔 드시고 가세요."

지나가다 눈이 마주친 나를 불러 앉히고 아르바이트생 로빈이 차 한 잔을 내온다.

"안녕, 로빈, 오랜만."

"근데 저 당분간 없어요."

그간 알바해서 모은 돈으로 유럽여행을 간단다.

"와우, 좋겠다."

쌓기 위해서가 아니라 즐기기 위해 돈을 버는 인생, 멋지고 멋지도다.

"그래, 노세 노세 젊어 노세, 젊을 때 다녀."

"안 오고 싶어질까 봐요."

"그럼 오지 마."

"돈이 있어야죠."

"그럼 오겠네."

"그러네요."

하하하. 세상에 걱정할 게 무언가, 애태울 게 무언가, 과거는 지나갔고 미래는 오지 않았으니.

"이모, 금요일 밤에 오세요. 가야금 공연이 있어요. 가야금 하나 메고 어디든지 가는 친구가 있어요. 클래식을 공부하다 우리 악기에 눈을 떴대요. 이제 막 서른이라는데 그날 친구들과 모여서 춤추고 한판 놀 거예요."

"나이 제한 없어?"

"없어요. 많아 봐야 지구 나이 코딱지만큼이잖아요."

전 세계를 여행한 사랑이는 트일 대로 트여 있다. 그래서 메이비에는 인생을 즐기고 삶을 누리는 친구들이 몰려온다. 한국인뿐이 아니다. 서귀포에 여행 왔던 외국의 젊은이들도 다시 찾아오는 고향 집이 되었다. 그들이 만나면 명절이 따로 없다. 카페 문을 활짝 열어 거리와 구분을 없애고 국적과 인종 따위의 분별은 다 던져 버리고 음악에 몸을 실어 웃음으로 소통한다. 그들은 론리 플래닛, 지구인이 아니다. 푸른 하늘 아래 사는 우주인이다.

이 앞을 지나만 가도 그들이 뿜어내는 싱싱한 기운이 사람을 들뜨게 한다. 메이비, 날아갈 것 같다. 내 기분이.

제주올레 5코스에 있는 그 게스트하우스, 새로 지은 집인 게 분명한데 마당의 나무들은 한눈에도 터줏대감 같아 보였다. 창고를 개조한 작은 집, 창문 너머 책꽂이가 보이길래 처음에는 마을 도서관인가 했다. 그런데 자세히 보니 창문 바로 앞에 커피머신이 보였다. 카페구나, 입구를 찾아 들어가려는데 문에 자그마한 글씨가 붙어 있었다.

'게스트하우스 이용자를 위한 공간입니다.'

그러나 맘씨 좋은 주인들은 사람을 무안하게 돌려보내는 따위의 일은 하지 않았다. 책꽂이의 책들은 하나하나가 소장본으로 꼽힐 만한 책들이다. 뭍에서 왔다는 젊은 부부, 뭐하던 사람들일까. 남편은 우직한 마당쇠 타입이고 아내는 세련된 셰프 같은데…. 전기 자동차 충전기가 놓여 있는 뜰, 거기서 일하는 이는 아내의 남동생이란다. 시인같이 생겼구먼….

염치없이 공짜 출입을 몇 번 하다가 그 아내가 책 관련 일을 했다는 것과 남편은 직장인이었으며 아내의 제안으로 제주로 왔다는 것, 주변에 식당이 없어 아침밥만 해 준다는 것까지 '비로소' 알아냈다. 게스트하우스 이름이 '비로소'. 그런데 한 가지 궁금한 건 그 집 외벽에 붙어 있는 숫자 4'33", 번짓수는 분명 아닌데.

"존 케이지의 4분 33초입니다."

아, 뉴에이지 음악의 거장으로 불리는 그 작곡가. 〈4'33"〉은 그의 대표작이다. 그는 정적이 유일한 지속음이라고 하여, 피아노 연주자가 피아노 앞에 앉아 아무것도 안 하고 있다가 4분 33초가 지나면 퇴장하게 하였다. 대신 4분 33초 동안 연주회장에서 일어나는 모든 소리, 웅성거림, 바람 소리, 소음… 이런 것들을 음악이라고 본다.

게스트하우스의 주인장들이 철학자라는 생각이 비로소 들었다.

"힘드시겠어요. 청소, 빨래, 일이 장난 아니게 많다던데."

"아니에요. 방 몇 개 안돼요."

자기가 즐길 수 있을 만큼만, 팔기보다 나눈다는 마음이 유지될

만큼만, 역시 철학이 있네. 그들에게 진짜 힘든 건 집 지을 때였단다.

"있는 나무들을 베지 않고 지으려니까 공사하는 분들이 반대하는 거예요. 싹 베고 편하게 집 지은 다음 다른 나무 심으면 빠르다고. 공사 기간이 더 걸려도 괜찮다고 했지만 짓는 내내 어찌나 불평들을 하시는지⋯."

그들은 공사장 인부들의 투덜거림을 우연한 음악의 하나라고 받아들이며 4분 33초를 견뎠을 것이다. 그리하여 우리는 옛 나무를 고스란히 간직한 게스트하우스를 비로소 가지게 된 것이리라.

그 집의 명함에는 이렇게 적혀 있다.

"비밀의 길 끝에서 웃음 짓다, 비로소."

비밀의 길은 어떤 것일까. 그들은 어떻게 그 길의 끝을 알게 되었을까.

자기만의 방

  강연장은 리사무소였다. 장수 마을이라더니 과연 청중의 평균연령은 70세가 족히 넘을 듯했다. 강사 소개를 받고 앞에 나선 다음 늘 그렇듯이 청중을 흡수하기 위해 천천히 둘러보며 어르신들과 눈을 맞췄다.

  50여 명 남짓, 서로 얼굴을 확인할 수 있는 따뜻한 규모. 말없이 그분들과 눈인사를 하다가 맨 앞줄에서 방긋 웃고 있는 소녀 같은 할머니를 본 순간, 나는 깜짝 놀랐다. 15년 만에 보는 얼굴, 갑작스런 그 반가움 속에 운명의 힘이 느껴졌다.

  "세상에 세상에, 여기서 선배님을 만나다니요!"

강의를 마친 다음 나는 그 댁으로 갔다. 깜깜한 밤길인데도 자동차 헤드라이트로 언뜻언뜻 보이는 돌담이 매우 정겹고 포근했다. 그 집 담장 밖에는 커다란 퐁낭(팽나무)이 집주인처럼 팔을 벌려 우리를 맞았다.

선배님은 그 밤중에 전등을 켜고 돌담 틈을 비추며 "이것 좀 와서 봐" 하고 나를 불렀다. 풍란이었다.

"여기가 난초 마을이야. 내가 돌 틈에 심었는데 다 살았어. 풍란 알지?"

조근조근한 말투와 목소리, 15년 전 '여신(女神)기행' 때와 어쩜 이리도 똑같은지. 그때도 우리에게 제주의 문화를 하나라도 더 느끼게 해 주려고 성능도 별로 안 좋은 관광버스 마이크를 들고 새벽부터 밤늦게까지 열정적으로 말씀을 하셨었지.

여신기행은 글로리아 스타이넘(미국의 여성운동가)의 한국 방문을 계기로 여성문화운동을 하는 동료들과 함께 왔던 제주 여행이었다. 그때 글로리아는 육십을 넘긴 나이였는데 인간적인 성숙미가 깊어 성스러운 이미지였다.

마지막 코스는 우도였는데 거기서 글로리아는 자신의 어린 시절을 이야기하며 눈물을 흘렸다. 자기 어머니가 늘 아팠기 때문에 자기는 어리광을 부리지 못하고 오히려 어머니를 돌보는 입장이었다고. 지나고 보면 그게 자기를 성장시킨 것 같다고 말해 모두에게 강렬한 인상을 남겼다. 돌아가는 배를 타기 위해 선착장을 향할 때 나는 그에게 다가갔다.

"사실 나는 딸애가 장애가 있어서 그것이 나를 성장시키는 동력이 되고 있어요."

그는 팔을 벌려 나를 안아 주었다. 격려 차원의 짧은 포옹이려니 했다. 그러나 그게 아니었다. 너무 뒤처지는 거 아닌가 걱정이 될 정도로 오랫동안 그는 나를 안고 있었다.

뜻밖의 긴 포옹을 소화하지 못하고 있는데 앞에 가는 사람들이 아주아주 작아 보이는 무렵이 되자 마음이 편안해졌다. 그러더니 급기야 내 눈에서 눈물이 흐르기 시작했다. 키가 180센티미터 가까이 되는 그의 블라우스 앞자락이 내 눈물로 얼룩지고 있었다. 대략 난감, 이러다가 콧물까지 나오는 날에는… 그러나 그의 품에서 눈물은 멈출 줄을 몰랐다.

한적한 바닷가, 금발 머리 엄마 품에 까만 머리의 딸이 안겨 울고 있는 것을 지는 해가 내려다보고 있었다. 철썩이는 파도와 함께. 여신기행은 그래서 내 인생에 잊을 수 없는 기억으로 각인되어 있었다.

집으로 돌아와서 내내 기분이 묘했다. 존재조차 몰랐던 난초마을. 거기 선배님이 이사 와 살고 있고, 글로리아의 품에 안겼던 우도가 바로 그 근처에 있고, 그래 거기 뭔가 있어! 날이 밝자마자 홀린 듯이 그 마을을 다시 찾아갔다. 송송 구멍 뚫린 까만 돌들이 장난감처럼 쌓여 두루마리를 펼친 듯 돌돌돌 이어지는 아늑한 돌담길, 지붕 낮은 집들이 5월의 따뜻한 봄볕을 맞고 있었다. 처음 온 곳인데도 낯설지가 않고 편안했다. 참, 이상도 하지.

달포가 지난 어느 날 아침, 갑자기 그리움이 확 밀려왔다. 너무 가고 싶었다. 그 돌담길을 걷고 그곳의 햇볕과 바람을 맞으면 행복할 거 같았다. 풍경이야 눈 감으면 만날 수 있지만 볕과 바람은 몸이 가야 누릴 수 있는 것, 나는 무조건 달려갔다.

오래된 돌담들, 외할머니 등처럼 세월을 지느라고 살짝 굽은 돌담들 사이를 걸으니 마음이 이내 편안해졌다. 파란 물감을 타 놓은 듯 선명한 저 하늘색, 얼마 만인가. 그 위에 도드라지는 새하얀 구름들, 어릴 적 그림책의 하늘이었다. 저쪽에는 솜사탕 닮은 뭉게구름, 이쪽에는 선녀 날개옷 같은 비단구름, 하늘을 우러르며 목 아픈 줄 모르고 걸었다. 행복했다, 아이처럼. 그곳에 닿은 순간 나는 아이가 되었다. 길가의 작은 풀 하나에도 마음을 줄 줄 알던 내 속의 아이가 살아 나왔다.

"원고 마무리 작업을 이 마을에서 하면 잘될 거 같아."

이미 작업실로 빌려 놓은 바닷가 집이 있음에도 나는 배신감이 확신처럼 들었다. 그러나 당장 내가 들어갈 수 있는 집이 어디 있으랴.

하루 이틀 걸릴 일도 아니니 선배님 댁 신세를 질 수도 없고…. 마음만 굴뚝이었다. 그래서 선배님께 살짝 내 마음을 비추었다.

"그래? 그럼 이장님한테 한번 가 보자."

선배님은 당장 내 손을 잡고 이장님을 찾아 나섰다. 그런데 기적 같은 일이 일어났다. 할머니 혼자 사시던 집이 나를 기다리고 있었다. 방 두 칸에 마루와 부엌이 딸린 작은 집이 공깃돌을 쌓아 놓은 듯한 돌담 속에 폭 안겨 있었다. 손바닥만 한 앞마당에는 애플민트가 잡초랑 어울려 있고 부엌문 옆에는 분꽃이, 뒷마당에는 수도와 빨랫줄과 커다란 나무가, 집 옆구리에 굴묵(제주의 난방용 아궁이)을 낀, 제주 가옥박물관에나 있을 집이었다.

"정말 여기 쓰실 수 있겠어요? 화장실도 밖에 있고…."

이장님은 도시에서만 살았다는 내가 못 미더운 눈치셨다. 마루를 사이에 두고 방 한 칸에는 할머니의 물건을 모아 놓고 남은 방을 차지했다. 내가 눕고 친구 한 명을 재울 만한 공간, 원하던 크기였다.

나무 대신 비닐 장판이었지만 앞뒤로 문을 열어 맞바람이 치는 마루, 바람은 최고의 청소부였다. 미처 손이 닿지 못한 거미줄은 물론, 보이지 않는 근심 걱정 스트레스까지 단번에 확 몰아가지고 날아갔다. "시원해 시원해 시원해"를 연발했다. 팔베개를 하고 누웠다. 앞을 봐도 돌담, 뒤를 봐도 돌담, 좋아 좋아 좋아, 대만족이다.

버지니아 울프가 말했다. 여자가 자유를 누리자면 두 가지가 필요하다고. 돈과 자기만의 방. 그동안 집도 있고 내 방도 있었지만 자기만의 방은 아니었다. 가족들의 움직임과 집안의 작은 소리에도 신경이 바짝 세워지는 당직실이었지 자기만의 방은 아니었다.

나는 쉴 곳이 필요했어. 완전히 무장해제하고 늘어져서 쉴 곳이 필요했어. 내 몸이 원하는 대로 자고 깨고 먹고 뒹굴고 내 마음이 원하는 대로 음악을 듣고 책을 읽고 늘어놓고 살아도 되는 공간이 필요했어. 바람 소리, 새소리와 함께 내 안의 소리를 들을 수 있는 나만의 방이 필요했어. 다시 열정으로 차오르기 위해서 나를 냉각시킬 공간이 필요해.

해가 떨어지면서 마을길이 어둠에 물들기 시작했다. 밤엔 무섭지 않을까? 온 마을이 일찍 잠든 고요한 밤, 모두가 아침의 태양을 맞이하기 위해 조용히 눈을 감은 거룩한 밤, 혼자 불을 켜 놓고 있자니 다들 기도하는 중에 혼자만 눈을 떴을 때 같은 미안함이 들었다.

서둘러 불을 껐다. 음악보다 잡음이 크게 나오는 라디오와 때를 기다리는 다소곳한 요강 사이에 가만히 누웠다. 걱정도 근심도 없이 마음이 고요했다. 자기만의 방이었다. 내일의 태양만을 가슴에 품고 눈을 감았다.

글로리아의 품처럼, 처음에는 어색했다가 나를 평화롭게 하다가 마침내 해빙의 눈물로 나를 정화시킬 자기만의 방, 나는 그렇게 나만의 방에 들어앉았다.

그림, 시를 만나다

늦은 오후가 되자 이중섭 거리는 쌀쌀해지기 시작했다. 딸아이는 카페의 야외 탁자에 앉아 군고구마 봉지를 열었다. 3천 원어치 치고는 여러 개였다. 먹을 것이 떨어지자 그제야 종이를 꺼내 크레파스로 칠하기를 시작하는 녀석, 그 곁으로 사람들이 무심히 지나갔다.

그들의 무심함에 마음이 편해졌다. 자폐성 장애를 가진 아이와 서울 대도시에 살면서 내가 가장 힘들었던 것은 사람들의 시선이었다. 조금만 다른 행동을 하거나 소리를 내면 즉각 눈총이 쏟아졌다.

그렇다. 그건 총이었다. 맞으면 상처를 입게 되는 총. 그러나 눈총 쏘는 그들을 탓할 일도 아니다. 도시 생활이라는 것이 긴장하며 사는 일이다 보니 모두 여유가 없어서 그럴 뿐이니 말이다.

일방통행이라 해도 차가 거의 다니지 않는 길, 한가로이 지나가는 사람들, 배낭을 메고 신기한 듯 주변을 두리번거리는 여행자들, 관대한 카페 주인, 나무가 늘어선 길가의 나무 탁자. 거기서 딸아이는 자기가 좋아하는 색칠을 하고, 나는 조금 떨어진 다른 탁자에서 좋아하는 친구와 이야기를 나눈다. 아아, 지금 나는 얼마나 행복한가. 이런 일이 우리에게 일어나다니! 서귀포로 오길 정말 잘했어.

가끔은 힐끗 쳐다보며 지나가는 사람들도 있었다. 그러나 시선은 사람이 아니라 그림에 가닿았다. 녀석의 색칠하기는 어릴 때부터의 취미 생활이다. 대여섯 살 때까지는 밤이 새도록 도화지에 크레파스로 칠만 한 적도 있다. 도화지에 얼마나 크레파스를 입혔는지 스케치북이 묵직하기까지 했다.

그 아이가 색칠 삼매경에 빠져 있는 것을 보면 신기하다. 무슨 색을 칠할까 고르고 생각하는 법 없이 그냥 손이 닿는 대로 잡아 쓱쓱 칠하는 것 같은데 그 색깔의 조화가 제법 그럴듯하기 때문이다.

한때는 형태를 그리지 못하고 무조건 칠만 하는 것이 병리적 현상은 아닌지 걱정했다. 어느 미술 작가가 "이것은 일종의 쌓기 작업 같은 것이며 조각가 중에도 이렇게 쌓기만으로 표현하는 사람이 있다"고 예술적 의미를 부여해 준 다음에는 딸애의 개성과 취미로 인정하게 되었다.

어느새, 도화지 두 장이 가득 차고 세 장째 시작되었을 무렵이었다. 이야기를 나누며 간간이 아이의 동태를 살피고 있는데 내 시야에 노신사 한 분이 들어왔다. 그분은 아이 뒤편에 좀 떨어져 서서 그림을 보고 있었다. 자세와 표정이 아주 진지했다. 그러더니 조금 가까이 다가와서 아이의 그림을 유심히 들여다보았다. 그러다 말겠거니 했는데 아예 아이 옆의 의자에 앉는 게 아닌가.

일찍이 아이의 그림에 이렇게 관심을 가진 타인은 없었다. 하긴 아이가 이런 데서 그림을 그린 적도 없었지. 노신사는 한참을 곁에 앉아 칠해지는 과정을 지켜보더니 아이에게 말을 걸었다.

"뭘 그린 거니?"

그 음성은 힘 있으면서도 부드러웠다. 옆에 앉아도 시선 한 번 주지 않은 아이가 입을 뗄 리가 없었다. 끈기 있게 답을 기다리는 노신사, 나는 더 두고 볼 수 없어 끼어들었다.

"제 딸인데 자폐성 장애가 있어서요…."

"아, 따님입니까?"

그는 이미 칠해진 두 장의 그림을 가지고 내게 다가왔다.

"이걸 좀 보세요. 색깔에 질서가 있어요. 이건 뭔가 의미가 있는 겁니다. 이걸로 표현하고자 하는 게 있다는 말이지요."

아, 예…. 나는 말을 잇지 못했다. 나는 그림 내용에는 별 관심이 없었다. 다만 아이가 그 시간에 안정을 얻을 수 있다는 것이 중요했다. 그동안은 누구와도 공존할 수 있기 때문이다.

"나도 크레파스로 저렇게 칠을 해 본 적이 있어요. 색을 계속 덧칠해서 내가 원하는 색을 찾을 때까지 하는 거지요."

헉, 살짝 숨이 멎었다. 딸애의 묵직한 스케치북, 덧칠에 덧칠로 무거웠던 그 스케치북, 쓸데없는 것으로 여겼던 그것이 아이에겐 작품이었구나! 이번에는 내가 노신사에게 빠져들었다.

색칠에 싫증 난 아이를 토마토 주스로 달래 가며 이야기를 더 듣고 있는데 '쨍그랑', 아이가 일어서면서 주스 잔이 탁자 위로 쓰러져 버렸다. 나는 당황했다.

"놀라지 마세요. 이런 아이들에게는 돌발적인 일들이 많이 일어날 수 있어요. 그러나 차차 시간이 가다 보면 안정이 됩니다. 걱정마세요."

노신사의 말에 눈물이 확 솟구치는데, 카페 주인이 달려와 아이에게 다치지 않았냐고 묻는다. 도대체, 이 따뜻한 사람들의 정체는 뭐야?

노신사는 교직에 40년간 있었노라 했다. 그 세월 동안 얼마나 많은 아이들을 보았을까. 아이들 속에 잠재된 얼마나 많은 개성과 재능을 보았을까. 그가 내게 명함을 건넸다. 시인이었다. 정모시 공원에서 그의 시비를 보았던 게 기억났다. 섶섬, 문섬, 범섬이 머리띠매고 줄넘기한다고 표현해 놓은 시에서 동심이 느껴졌던 시인이었다. 서귀포가 좁은 것인지, 인연이 깊은 것인지.

"반가웠어. 또 만나자."

시인은 자신을 안중에 없어 하는 딸아이에게 흡족한 미소로 인사하고 떠나갔다. 장애라는 눈앞의 현상을 넘어 아이의 영혼에 가닿은 사람. 언어를 넘어 아이와 소통한 그는 진정한 시인이었고 딸아이는 자신을 알아주는 친구, 소울메이트를 길에서 만난 것이다.

"따님의 그림에는 의미가 있어요."

그의 말이 시가 되어 귓전에 맴돌았다. 가로등 위에서 이중섭의 소가 내려다보고 있었다. 딸아이의 인생에 한 편의 시화(詩畵)가 새겨지고 있다. 제주섬에서.

걱정 없이 산다

신대로 담팔수 가로수길을 걷다가 바람이 좋아 근처 공원까지 가버렸다. 퐁낭 앞에 놓인 벤치에 앉아 공원 전체를 지붕마냥 덮고 있는 우람한 나무에 넋을 잃었다. 바람이 살랑살랑, 나도 모르게 벤치에 누워 잠이 들었나 보다. 웨~엥 전기톱 소리에 눈을 뜨는 순간 '야아' 감탄사가 절로 나왔다.

유리 천장화, 유럽의 오래된 성당에 그려진 유리 천장화처럼 퐁낭의 가지와 잎사귀들이 내 눈에 한가득 들어왔다. 다시 눈을 감았다가 다시 떴다. 이번에는 고흐의 그림이다. 별이 빛나는 밤에, 나뭇잎들이 은하수가 되어 하늘에 가득하다. 오래된 팝송도 들려온다.

Starly, Starly night⋯.

"아, 행복하다."

공원의 나무를 다듬는 전기톱 소리도 밉지 않다.

신산리에서 서귀포로 차를 타고 달리고 있었다.

"저 구름 봐라, 완전 솜사탕이다."

"그 옆에 거, 독수리 날개 같지 않아?"

"저건, 돌고랠세. 야, 그 옆에 물고기 두 마리 따라간다."

용궁이 하늘에 비친 걸까. 파란 도화지에 흰 구름으로만 어찌 저리 다양한 그림을 그려 낼 수 있는지.

"돌고래가 변했다. 입 벌린 사자 같아."

그 그림들은 바람을 타고 시시각각 이렇게 저렇게 변하니 요술 미술관이 따로 없다. 40분 넘게 달리는 내내 우리는 그림을 감상했다. 자동차 영화관은 흔해도 자동차 미술관은 사람들이 모르리라.

해질 무렵이면 보목 바닷가에 간다. 코앞에 우뚝 서 있는 섶섬 앞에 선다. 숲처럼 나무가 많아 섶섬이라 불린단다.

"그런데, 뒤쪽으로 돌아가면 나무가 하나도 없어요. 바람이 불어서 나무가 자라질 못하는 거야. 섶섬이 막아 주는 덕에 보목이 서귀포에서도 제일 따뜻한 거지."

노을이 지나 어둑해지면 돌들이 태어난다. 섶섬 앞에 옥수수 알갱

이들처럼 흩뿌려진 돌들이 안치환의 노랫말처럼 '우렁우렁' 일어난다. 칠흑같이 까만 돌들이 어둠 속에서 오히려 선명한 것이, 보고 있으면서도 믿기지 않는다.

어둠은 깜깜한 것이 아니라 깊어지는 것이다. 밝음은 때론 들뜸이다. 바닷속에 웅크리고 앉은 섶섬, 깨어나 우렁대는 돌들을 바라보며 나도 그들과 함께 깊어진다.

아침에 해가 쨍하면 외돌개 쪽으로 향한다. 하얀 연꽃이 가득 피어 있는 연못을 지나 오솔길을 가면 산성처럼 쌓은 돌담 아래로 푸른 광목처럼 쫙 펼쳐진 바다, 그 위에 섬 삼 형제, 범섬 문섬 섶섬이 한눈에 딱 들어온다. 내가 꼽는 서귀포 최고의 전망대, 이곳에 서면 옥황상제의 심정을 알 것도 같다.

'고요하고 아름답도다.'

범섬 너머 강정해군기지가 광목천에 흉터처럼 보이는 게 흠이지만 어쩌랴, 인간이 만든 것은 결국엔 자연이 제자리로 돌려놓을 거라 믿을밖에.

바람 한 점 없는 날이면 새연교에 오른다. 새(억새)가 많이 자라 새섬이 된 작은 땅과 서귀포항을 연결하는 다리. 그 모양이 돛단배를 닮아 그런가, 거기 오르면 영락없이 바람을 만난다. 바다가 바람을 낳아 주는 모양이다.

새섬을 등지고 서면 한라산이 보인다. 언제나 우리를 내려다보고 있는 한라산, 서귀포 사람들은 긴 머리를 푼 여인이 누워 있는 모습이라고 한다. 처음에는 도저히 감도 못 잡겠더니 이제는 내 눈에도 완연하다. 이마, 눈, 뺨, 목젖, 배, 무릎, 다리, 그리고 긴 머리카락….

겨울에는 흰 분칠을 하고, 안개 낀 날은 얼굴만 보여 주고, 어떤 날은 구름 레이스로 치장을 하고, 비가 올 듯한 날에는 코앞에 바짝 다가와주는 한라산. 누워 있는 여인의 이름은 물론 설문대 할망. 할망이란 말은 늙은 여인이 아니라 지혜로운 여인 곧 여신을 일컬음이다. 나도 이곳에서 늙으면 지혜로워질 것인가? 큰 바위 얼굴을 보듯 한라산을 바라본다.

이 한라산을 보름달처럼 온전히 보기에 좋은 곳은 뭐니 뭐니 해도 내가 다니는 8층 건물 꼭대기에 있는 명상 센터 가운데 방이다. 가끔 집중명상을 핑계로 그곳에서 자는 날이면 한라산을 독차지한 것 같은 그 만족감이라니.

사람들은 내게 말한다. 이왕 제주에서 살 것이면 집을 지으라고, 전망 좋은 곳에 땅을 사라고. 내가 대답을 안 하면 혼자 계산을 뽑는다. 요즘 제주 땅값이 많이 올랐지? 전망 좋은 곳은 너무 비쌀 거야, 중국 사람들이 좋은 땅은 다 잡았다지? 에이, 진작에 돈 좀 많이 벌어 놓지 그랬어? 아니다, 오르기 전에 2년만 더 일찍 내려오지 그랬어. 그리곤 안타까움에 속마저 상해한다.

하늘이 미술관같이 보이고, 푸른 바다와 한라산이 한눈에 들어오고, 늘 맑은 바람이 불며, 유리 천장화 같은 퐁낭 아래 벤치가 있고, 어둠이 오면 깨어날 돌멩이들이 마당에 널려 있는 이런 땅은 얼마면 살 수 있을까? 부동산에 그런 땅이 나와 있기는 할까?

"내 몸이 가서 있으면 그게 다 내 거야."

누리되 소유하지 않는다. 관리하고 세금 내고 그럴 에너지와 돈으로 몸을 움직여 그곳에 나를 가져가면 될 일이다. 특정한 땅과 집과 전망을 소유하지 않았기에 여기 펼쳐진 이 모두를 누릴 수 있는 자유, 어떤 계산도 이 셈법을 이기지 못하리.

1년짜리 연셋집에 살지만 나는 아무 걱정이 없다.

사는 게 참 좋다

초판 1쇄 발행 2015년 11월 10일
초판 1쇄 발행 2016년 3월 3일

지은이 오한숙희
펴낸이 이수미
책임편집 권은경 일러스트 방현일 디자인 송윤형 사진 기준서 마케팅 김영란 임수진
출력 국제피알 출력 세종페이퍼 인쇄 두성피앤엘 유통 신영북스

펴낸곳 나무를 심는 사람들
출판신고 2013년 1월 7일 제 2013-000004호
주소 서울시 마포구 양화로 156 엘지팰리스 1509호
전화 02) 3141-2233 팩스 02) 3141-2257
이메일 nasimsabooks@naver.com
페이스북 www.facebook.com/nasimsabooks
트위터 @nasimsabooks

ⓒ오한숙희 2015

ISBN 979-11-86361-18-4 03810

이 책은 저작권법에 따라 보호받는 저작물이므로 저작권자와 출판사의 허락 없이
이 책의 내용을 복제하거나 다른 용도로 쓸 수 없습니다.

이 도서의 국립중앙도서관 출판시도서목록(CIP)은
서지정보유통지원시스템 홈페이지(http://seoji.nl.go.kr)와
국가자료공동목록시스템(http://www.nl.go.kr/kolisnet)에서 이용하실 수 있습니다.
(CIP제어번호: CIP 2015029614)

책값은 뒤표지에 있습니다. 잘못된 책은 바꾸어 드립니다.